她有多久没看过这么清晰的夜空了，越看，星越密。在正北方向，一颗最明亮的星吸引了她。在这颗星的导引下，她竟幸运地串连起了那只大勺子，如此坚定的七颗，如此坚定的距离，她像发现了新大陆，差点叫出了声。很快，她的耳朵像被谁塞进了一只耳机，没有任何前奏，突如其来，直接是那段高亢的副歌。仿佛一只无形的手，摁响了天上那七颗音符，忽明忽暗，又远又近。此刻，蓝牙的接收范围是——无限。

黄咏梅

档案

黄咏梅 著

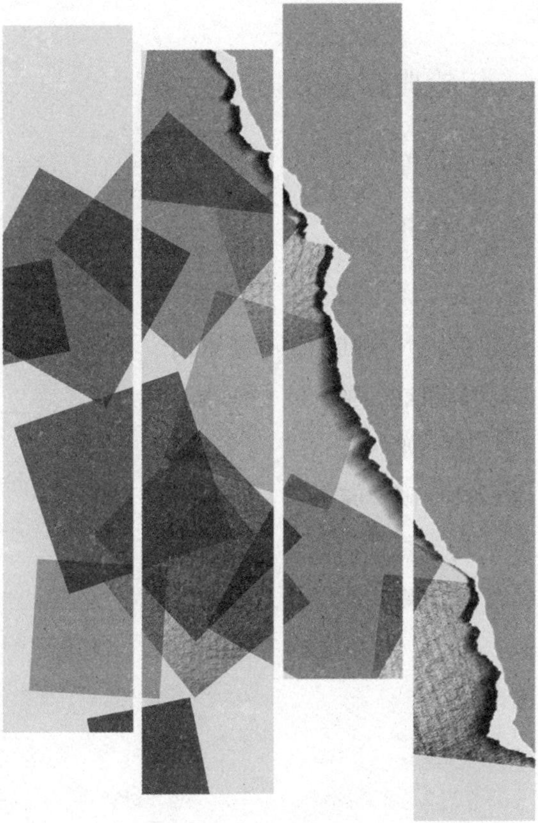

河北出版传媒集团
河北教育出版社

编者荐言

中国当代文学已走过七十多年，每一次文学浪潮的奔腾翻涌，都有彪炳文学史的作家留下优秀作品。

回首20世纪七八十年代，改革开放开启了中国当代文学持续至今的繁盛，由于几百家文学刊物的存在，中短篇小说曾是浩荡文学洪流中的浪尖。然而，以1993年“陕军东征”为分水岭，长篇小说创作成为中国文坛中独立潮头的存在，衡量一个作家的创作成就及一个时期的文学成果，往往要看长篇小说的收获。中短篇小说的创作和读者关注度减弱，似乎文学作品非鸿篇巨制不足以铭记大时代车轮驶过的隆隆巨响。

进入21世纪，特别是党的十八大以来的新时代，我们乘着光纤体验世界的光速变迁，网络文学全面崛起，读图时代、视频时代甚至元宇宙时代的更迭，令人应接不暇，文学创作无论是体裁还是题材都呈现出一种扇面散播效应，中短篇小说创作也再度呈扇面式生长，精彩纷呈。

为此，我们特编辑了这套“年轮典存丛书”，以点带面地梳理生于不同年代的当代优秀作家的中短篇小说精品，呈现不同代际作家年轮般的生长样态。

我们不无感佩地看到，生于1940年前后的文学前辈，青年时已是文坛旗手，在当下依然保持着丰沛的创作力，他们笔耕不辍，使当代文学大树的根扎得更深。

“50后”一代作家已走过一个甲子，笔力越发苍劲。他们不断返回一代人的成长现场，返回村镇故乡、市井街巷；上承“40后”的宏大命运主题，下接烟火漫卷的无边地气；既广受外国文学的影响，又保有中国古典文学的高蹈气质。

在“60后”这一中坚力量的年轮线上，我们能看到在城乡裂变、传统向现代过渡的进程中，一代人的身份确认、自我实现，以及精神成长的喜悦和焦虑。

“70后”作家因人生经验与改革开放四十年紧密相连而被称为“幸运的一代”和“夹缝中壮大的一代”，也是倍受前辈作家的成就影响而焦虑的一代。如今已与前辈并立潮头，表现不俗。

而作为“网生一代”的“80后”和“90后”，他们的写作得到更多赞誉的同时，也承受了更多挑剔和质疑。但经过岁月淘洗，我们欣喜地看到，曾经的文学小将已在文坛扎扎实实立稳脚跟，相继以立身之作进入而立和不惑之年。

六代作家七十年，接力写下人世间。宏阔进程中的21世纪中国当代文学，正在形成新的文学山峰的山脊线。短经典历久弥新，存文脉山高水长。

目　录

CONTENTS

骑　楼

要知道，我生长的这个小山城曾经在20世纪60年代是多么的辉煌，有“小香港”之称。因为环绕着山城的那一条江水，它一直流向香港，只要一夜时间，船只就可以从这里出发而停靠在花花世界的码头了。那个时候，许多内地到香港的船只都要在我们这里转个弯。所以这里的人，梦想要比内地很多地方的人都要多，都要早。尤其是我的父母一辈，他们很早就向往着上游，很早就喝精致的红茶兑牛奶，很快就穿上那种尚属英国殖民地的城市流行的T恤，上面印着邓丽君的笑容以及看不懂的英文，满街满巷传唱的都是粤语歌，更因为这里的人讲的也是粤方言，所以会更加有优越感，也自认是“小香港人”了。

改革开放后，更多的港口开放了，更多的海湾以更丰富更顺畅的航道夺走了这里的优势。我的父母，到今天，还一直念念不忘，那会儿啊，嘿，江面上密密麻麻的客船货船，跟今天马路上的汽车一样，堵在码头上，等吧，反正没有别的路可走，那些鸣笛声，到夜间还歇不下。码头上的搬运工，外来的也好，本地的也好，都有钱得不行，叫他们去干别的活儿，他们还不愿意呢。父母当年的工作也是令人艳羡的——码头仓库管理员，那时候的货物一个码头一个码头堆下去，要排号来等位置上岸。我记得小时候，跟着母亲拿着顺序牌，穿梭在岸边一艘又一艘大轮船上，回来的时候，满袋满手的都是吃的玩的好东西，多神气啊。

那个百舸争流的时代过去了，留给这个城市的，是一些美人迟暮般的伤害。重山包围下的小城，爬起山坡来就比同时期的城市都要呆滞和缓慢，就像一个打惯水战的老兵要在陆战上取胜的困难。港口的地盘很多被租了出去，盖娱乐城，盖沐足廊，盖西餐厅……陆地拥挤了，河道像一个妇人松弛的发肤，流淌是多余的运动。

要说这个山城还能因为水而出名的地方，就是每年一次的洪水侵袭，总是招引不少中央、省政府领导人来视察、救灾，像个小病孩儿喜欢躺在床上，用疾病来引起大人的注意。

大概六七月，人们就会自觉地做好搬家的准备，当然指的是那些住在河边以及楼层低的住家。洪峰一年一年在城市里画下警戒线，如果仔细看看，这里的楼房外墙上多数都有水浸泅过的痕迹。像我家这类房子，在这个城市已经拆了不少，但还是占据了主要建筑风格。这些有近百年历史的老房，有着高高的两条腿，粤方言称为“骑楼”，据说，从前在这里遇到下雨天，都不用打伞，那些高高密密的骑楼，一直可以挡着人过街穿巷。这也是父母嘴里的60、70年代的好光景。骑楼上的大木门，是用木闩的，门上还雕龙画凤，里头大堂可以让路人看进去。那些年头，睡觉都不用关门，穿堂风很凉爽地吹着迷糊了的人，大人小孩儿安安乐乐。等到涨水的时候，人们就从容地取出备用小船，扎系在骑楼“腿”上二楼窗口边上一个固定的铁环上。摇着小船走平日走过的地方，照旧生活得从容，除了物价会涨，没法逛街以外，人们一点儿也不在意水。有兴致的还可以串门，摇着船，到了，就把船系在铁环上，从二楼窗口爬备用竹梯而下。所以，铁环在这个时候，就被主人涂抹上各种醒目的颜色，是方便来人准确靠岸的，那是主人给来客的一个招呼。

我生活在这样的老房里，睡的是阁楼，从床上的一扇花窗看出去，就是骑楼外的小街，花窗侧外墙上，就是那只生着锈的铁环。我曾经希望它能发出声音，尤其在刮风的时候，像风铃一样。可是，它永远不会，因为它很厚实，贴在老墙上，一直在等待一年一度的粉刷。记事开始，我就睡在暗淡的阁楼，和墙外的那只老环一起等待，天黑等天亮，夏天等冬天。

现在，我等小军。

高中的时候，小军爱发呆，我爱笑，一群女生图新鲜加入文学社听他读新写的诗，听着听着，六月到来，最后就只剩下我一个还在傻听——高考我们双双落榜。现在，我在一间茶楼推着蒸笼车卖烧卖，小军在空调安装维修店帮叔父打下手。

班上的同学还没有离开小城到大学校园报到，我们就迅速地恋爱了。我们确定关系的时候，就是在我的小阁楼里。在此之前，小军从来没有拉过我的手，可是我们睡觉的时候，我一点儿也不觉得陌生。我确切地计算了一下，从听他读诗到今天，我已经认识他三十个月了，三十个月可以怀孕三次了。我这样的运算方式是不是有些唐突？可是我当时真的是这么想的，小军睡着在我身边，花窗里透进的是盛夏的阳光，窗棂的影子投射在我白皙的肚皮上，就像小军刚才的手一样，一道一道地抚摸我。我就是想给他生个小男孩儿，我想尽快在我的同学们都欢天喜地地踏入他们梦寐以求的高等学府的同时，我也能够以一种新的生命形态，直接成人。

空气里弥漫着酸笋紫苏的味道。在这个午后，这种味道才在我的生活里凸显出来。

我们这个小城，有一种传统的“骑楼小吃”，一个煤炉一个锅，几个小碗几张小椅，就构成了这种几步一档的田螺摊。别看这些行头简单，却能够做出千百种风味。要是在晚上，随便走进哪一道骑楼，都能够看到一撮一撮的人，或坐或蹲在煤炉边的小矮桌周围，在小碗里用手捏出一颗颗拇指般大的田螺，噘起嘴，先往螺屁股使劲一吮，接着在螺口一吸一拉，嘴里的内容包括螺厣子、螺肉、花椒粒和汤汁，接着再吐出螺厣子、花椒粒以及螺肉的下半身。别看程序复杂，这里的人，像北方人嗑瓜子一样飞快、娴熟、不出错。等到小碗里只剩下浓黑的汤了，再用牙签打探一番，确认已经没有了，吸田螺的高潮时刻才算来临——端起碗细细地把那口汤喝完。“最紧要那啖汤”，这是这里人的口头禅。要知道，这啖汤融汇了多少精华，田螺的、配料的、火候的、时光的……汤的味道成为衡量众多田螺档高下的唯一标准。在我的家里，长年累月，灶台上都熬着一大锅汤，每天晚饭过后，我的父母就将这些浓黑的汤过一些到小锅里，然后加入刷干净并用钳子钳掉了屁股的小田螺，放到一个小炉子上，门口的田螺档就支起来了。自从我的父母从港口的仓库管理工作下岗以后，这股味道就再也没有消散过。我几乎遗忘了这味道的存在。

那个午后，小军在我的身上，他刚把那头及肩的长发理成板寸头，每一根头发短短直直的，正好碰到阁楼的天花板，只要稍微一昂头，就要撞上去。小军在结束的那一刻，很深地吸了一口气。“啊，酸笋，紫苏。”像当初他读诗歌那样好听。我在他的下面，以一种全新的味觉跟着他去欣赏这熟悉多年的味道，就像以前在校园，总是追随着他制造出与他不期邂逅的假象。竟然就闻出了一股馥郁，像玫瑰，还是像茉莉？那一刻，我真的很感激我的父母，花那么多的时间和精力去熬制这么诗意的一锅汤。最重要的是，他们竟然把我带到了这个世界这个阁楼，让我没有错过这一个湿润、芳香的时刻，让小军进入了我。更让我几乎有一个错觉：我从花窗里窥觑到了生活的真相。

小军一直睡到了傍晚，我一直醒着。我听着下班的声音渐渐热闹，听到我的父母在门口骑楼下支起田螺摊，那些螺壳在落锅时的碰撞声，哗哗哗，哗哗哗。小军醒了，他看了看身边的我，把手塞进我的头下，说："我梦到海了，还听到海涛的声音，哗哗哗的。"

以后，小军就经常来我的阁楼。

我们在一起话不多，我喜欢静静地陪小军想事、发呆，虽然我未必懂得他心里的东西，就像我未必能听懂他的诗，虽然他现在已经不再写诗，就像我再也不会拿起《几何》《代数》这些让我十二万分头疼的课本，可是，我们在一起。我过着无忧无虑的生活。

小军不太高，而且偏瘦，母亲说他的身架最适合钻到窗外去弄空调。

可我总是觉得小军不会喜欢这样的工作的。每天，在店里等电话，一接到生意就记下客户的地址，几街几号几楼几房。刚开始的时候，跟叔父一块儿上门服务，后来，接到一些简单的活儿比如安装、清洗甚至对付一些常见的故障，他也可以单独应付了。小军经常骑着一辆旧摩托，载着简单的工具箱，在这个小城里找门牌，按门铃。大多数安装空调的客户，都不是我们这样的旧楼，是公寓，有高层有低层，反正是在小城新开发的西区。听母亲说，西区那幢号称全市最高的30层公寓那块地，以前是乱坟岗。小军到过那里几次给新房客装空调，他说那幢大楼像一个高高的神牌，耸立在尚未开发的一大片荒地上，不知压伤了多少灵魂。可是现在的电视上，只要一拧到我们本地台，宣扬的就是“建设大W市”，具体做法就是从那片乱坟岗开始，它的开发商是第一个吃螃蟹的人，政府给予了大大的奖励。

我的家在东区，要过西区其实也不遥远，只要过个跨江的桥。可我很少有机会到这个宣传得很热的新开发区去“观光”，据说那里还建了娱乐广场，还有热闹的小食街，里边的小吃，全是些外地风味，上海、西安、四川、湖南，最引起市民一阵骚动的，是一个从印度来的黑人，专做印度薄饼，电视新闻还对他做了特别报道，我从屏幕看到他黑得像一颗朱古力，很黑的手娴熟地甩着手中一张白白的大饼。母亲和父亲说：“这有什么，以前我们在港口看到不少这样的黑人，是做海员的，总在俱乐部被当地人笑，他们喝酒喝多了喜欢撩女人。哪能呢？那会儿这里的人才不会让他们逞能。其实他们也没几个钱，外国人又怎么样？到酒吧还净挑廉价的酒喝。”我看着一边给明天要卖的田螺夹掉屁股一边看电视的父母，一下子觉得他们是有见识的人。

就是这样有见识的人，才会对我和小军的同居生活熟视无睹。

小军一天下午从我的阁楼爬下来，经过门口摆摊的父母的时候，小军打个招呼，我觉得，小军给父母打招呼的样子，更像个沉默的儿子，一个跟父母生活在一起多年的儿子。我知道，父母一向是希望有个这样的儿子的。他们在生下两个女儿以后，就碰到了计划生育，我的弟弟们多次被老天提前收走。虽然母亲不说，也没有不高兴，但我知道母亲很想要个男孩儿。所以小军从我的阁楼下来那一刻，母亲除了很仔细地看了看小军以外，也没有表现出什么，一副平淡而不愿吓着对方的样子。我想，也许母亲也觉得，她那个资质平庸的小女儿，配小军也够了，好歹有个职业。

母亲最害怕的就是下岗。记得大前年姐姐看上了一个没有工作的下岗男人，母亲一眼都不愿看，长得再帅也不依，死活不让姐姐出门。姐姐说那个男人上进，参加下岗再就业培训班。母亲说：“年纪轻轻就下岗，什么时候才到退休？再就业的人能有几个赶上好工作？”姐姐哭了一天一夜，不久就嫁给了一个在本市少有的几家还算稳定的厂里的工人。

母亲说小军有一门技术，饿不死。

母亲不知道小军的技术实际上不是对付空调，小军从前是我们这里校园有名气的诗人。这门技术，也许现在小军不是太愿意承认，也没有几个人会再谈起诗歌，可是，我还是很怀念写诗的小军。我的手里仅仅保留着小军的几句诗，印在一张宣传单上，黑的底，白的诗：

请带着我的诗歌上路，
石头也开出了花；
请念着我的诗歌回家，
爱人在窗户眺望……

我记得在高三的时候，小军印了很多这样的传单，拿到市场、天桥、超市门口去派发，那是个冬天，小军穿着深绿色的灯芯绒外套，脸被风吹得很白，可是神情却很激动，他把一张张传单塞到不情愿的人的手里，而我则负责在他附近的垃圾箱里回收一些还算清洁的，重新交还给他，然后他又继续派发。

我曾经想，要是我不认识小军，我会不会也是那个不情愿或者随手把传单扔进垃圾箱的过路人？

我想会的。

如果爱有逻辑的话，我绝对是因为爱上小军，所以爱上诗歌的。事实证明，当小军再也不写诗的时候，我压根儿就没想起过关于诗歌的种种。

我在码头附近的一间茶楼上班。我们这里的茶市一直很旺，早上从六点钟就开市了。喝早茶的多数是老人，他们很早就被老年的生物钟弄醒，然后上平时惯去的茶楼，叫上一壶茶、一碟拉肠、一碟甜点，看看报纸，与其他搭台的老人聊聊天，时间就耗到了九十点钟，这种“一盅两件”的模式，又便宜又能打发时间；夜茶属于年轻人的时间，下了班，三五好友围在一桌，喝茶聊天，吃吃点心，而谈生意的人也喜欢在这种轻松温情的氛围中进行。所以，早晚是茶楼的黄金时段，像我这样的服务生，轮上早班和晚班，所听到和见到的事，是昼夜不同的。早上老人们净说些陈年旧事以及发发社会牢骚，晚上则五彩缤纷得多，很多新鲜的事被我们捡了回去，什么素段子荤段子，什么政治新闻花边新闻，都被我们记了去传了开。

在我们茶楼，有一个叫阿菊的女人，特别能记段子，而且还能将那些段子翻讲得有声有色。阿菊比我大几岁，又白又漂亮，典型的湖南女人，在乡下书没念多少就跑出来打工，按照惯常想法，阿菊应该去干女人天生的技术活儿，可阿菊偏不，到茶楼应聘，从服务生做起，不到半年就升到了咨客。阿菊很甜，虽然也有不少男人不怀好意地揩油，但她都不会生气，处理得很乖巧，很讨客人喜的样子。

在熟客里，真正喜欢阿菊的是“打捞”。

“打捞”与一般意义的“打捞”不同。“打捞”在我们这里是干体力活儿的代名词，就好像四川话里的“棒棒”，我猜测是由于从前我们这个城市的体力活儿大多来自码头，与水相关，所以“打捞”这个词一直沿用到今天。这个“打捞”并没有干过码头的体力活儿，因为他姓刘，人们开始叫他“大刘”，叫着叫着就成了“打捞”了，我想这也与他五大三粗的形象很有关系。

说起这个“打捞”的从前，也是如这个港口从前那么辉煌。

他曾经是码头派出所的保安，穿着制服拿着警棍，腰间虽然没有枪，却别着一副明晃晃的手铐，“打捞”很气派地在各个码头巡逻，高声说话。据阿菊说，他曾把一个贼从码头追到了山顶，最后把贼铐在树下，两人一起睡了个午觉才从山上有说有笑地进派出所。“打捞”连鸡毛蒜皮的小偷也不肯放过，在他眼里，只要动了贪念就要被抓，他说他念小学什么都没记下，却牢牢记住了“小时偷针，大时偷金”的道理，小偷如果不被及时制止，一定会变大盗。据我所知，“打捞”当巡警二十年，从来就没有办过惊天动地的大案，净是些偷鸡摸狗、浑水摸鱼的小意思。所以，在机构萎缩，派出所并入公安局裁员的时候，“打捞”的名字被列在前几名。四十二岁的“打捞”去年下了岗，就成为这个茶楼的常客，主要早上来，一个人，叫上“一盅两件”，报纸是不看的，跟隔壁左右的打招呼，说笑话。他是比较年轻的一个老熟客了，除了爱听听老人们谈古论今外，他就爱逗阿菊说话，阿菊也挺放心地跟他说些实在话。我想，阿菊和“打捞”虽然看上去可以是父女了，但阿菊却愿意以另外一种身份待在“打捞”身边，究竟是什么样的身份，我说不清楚，我只知道，阿菊不一定会爱上“打捞”，却会跟他在一起。

我这样想是有理由的。阿菊在茶楼里，跟我最好，我们在当班歇息的当儿，最喜欢东拉西扯，说的都是些体己话。有一天她跟我说，她最喜欢晚上打烊下班后，把茶楼里的啤酒和花生偷偷带上一些到“打捞”住的船上。她最喜欢“打捞”把船篷掀开，他们在荡漾的船上露天做爱，然后躺在天空下喝啤酒。遇到晴天，满天的星星让她仿佛回到了老家萤火虫满天飞的田野。“打捞”说：“你知道那些天上的星都是什么吗？”她说不知道。“打捞”说，那是他每天晚上扔上去的啤酒瓶盖儿。她笑死了。再后来有一次，“打捞”再问起她那些天上的星是什么的时候，她还说不知道，“打捞”说，那是他扑满里的钱币，差天的西北角那块少了几个，她就不用上班不用被茶楼的男人“吃豆腐”了。阿菊说，她这辈子没听到过那么好听的话。她半信半疑地存起这些话，她还把这些话写到信里寄回了家，好像是她出门打工的一种成就。

听别人说，“打捞”从前有过老婆小孩儿，因为他经常上夜班，又喜欢跟朋友吃夜宵喝啤酒，十多年前老婆就带着小孩儿跟别人离开了这个城市，“打捞”把岳父岳母从乡下接了出来，把房子让给了他们住，自己住到了小船上。

我和小军借“打捞”的船，像过家家一样，过了一个整天的同居生活。

那是一个夏天，我让阿菊向“打捞”借他的船，阿菊很爽快，像借自家的油盐一样。

小军那天跟舅父请了一天假。早早地，我就到市场买齐了我们一天的粮食。当然少不了从家里盛了一大碗田螺。我并不知道小军喜欢吃什么，只是想当然地买。

“打捞”的船很小，一个小衣柜、一个小饭桌、一个小电视机柜，以及船尾一个小炉灶。人的生活实际上真的可以那么简单的，“打捞”能在船上生活十多年。令我最不习惯的，还是那些摇晃，人在船上，一直就晃动着，船底的水在晃，船上的人也在晃，一下子就让人感到了漂泊的辛酸。还好，我和小军在船上生活的新鲜感忽略了这些晃动。

我亲自做饭给小军吃，这还是头一回，小军坐在船尾，看水，看岸。我把饭做好后，和小军一起坐在船尾吃，举目看去，水上一片冷落，跟岸上以及远处桥上的熙攘形成了强烈的对比。我感觉像武侠书里费尽千辛万苦逃脱仇家追杀的小情侣，江湖在我们背后，我们栖到了暂时的安稳。

小军一口一口地吃着我学茶楼里做的酿金瓜花，不时端起罐装啤酒，我喜欢看小军什么都很忘我的样子。他总是在做一件事情的时候，就再不能顾及别的东西了。我没有像一般的女人一样问他菜好不好吃，因为此刻的小军正在专注地看水，而我正在专注地看他。这就是我爱的小军，说实在话他不是很帅，可是我从来没有用帅来打量过他，我总是在他的沉默里感到一种力量，这些力量并非来自男人惯有的那些雄壮，而是忧伤的、脆弱的，总之说不清楚。

后来我们聊到了江湖。是金庸的江湖。金庸的江湖对于我来说，就意味着张无忌和几个美女的牵扯，意味着令狐冲和他的小师妹的纠葛。我和小军把一个个主角串讲、评价，小军最喜欢乔峰和张君宝，而我对这些人物都没怎么留意过，虽然在我的阁楼里，我对金庸的书翻阅多遍。可我总是把注意力放在温习张无忌和赵敏、杨过和小龙女等一个个荡气回肠的爱情细节里，一次一次地体味那种含蓄却痛到心尖上的情感。

小军说："江湖像一个瘤子，长在人的心里，江湖对于男人，是想而不能，是爱而不得。"

我们吃过饭后，就做爱。

把船门闩上，跟着船荡漾的节奏，小军是个指挥家。

这是炎热的中午，我想岸上的人都在顶着烈日往家赶，赶着睡上一场无欲无求的午觉，然后好对付下午疲倦的工作。我相信这个城市里，没有几个人在这个时候跟我和小军一样做同样的事，更不会在中午的水上做爱。岸上的人会留意到一条小船吗，一条晃动得特别厉害的小船？

小军说：“岸上再也没有诗人，那些人没法看到这条晃动的小船。”于是，小军在我的身上，更加倍地晃动。头一次，我感觉女人真的是水做成的，在挤压的相亲里，在揉搓的赏识里，变形为各种形态的水。

小军把我变成了水。江湖是什么？江湖是水，水是女人，女人是男人，男人是逃避，逃避是酒，酒是水，水是江湖。

当我上岸，把钥匙交还给阿菊，我是依依不舍的。这一天的点点滴滴，都是我想要的。那种快乐的晃动，那些促膝的发呆，包括那碟不是太成功的酿金瓜花。

我想要那种背后是江湖的生活。当然我不想要那条小船。我想和我的小军，在自己的家里生活，不是过家家似的生活。

我开始行动起来。我在银行开了个账户，开始存钱，我看着它一个月一个月地变换着数字，我的情感也在一点儿一点儿地堆积。

这是我的秘密，没有一个人知道。

我对小军说：“我想要间陆地上的房子，不是我的阁楼的那种老房，是一户一户隔着茶色玻璃面对面，外墙上伤湿膏一样贴满了空调的那种房子。”

暑假总是让我很紧张，紧张的原因是我和小军的高中同学会回来一大批，互相奔走相告，必然要搞一些同学会。要命的是，他们总要到我所在的那间茶楼聚会。那个时候，我作为一个食客，坐在我平时穿制服推着蒸笼车走过的熟悉的地方，我的同事不时地端这端那，倒茶换碟，由于是自己的同事，招呼得特别周到。

我实在不习惯跟他们坐在我工作的地方，当我从另一种角色进入这个熟悉的喧嚣的地方，我不止一次地感到了不安。

这样的场合，小军只参加过一次。那一次我们受尽了揶揄。当他们一次又一次地强烈要求我们坦白经验的时候，我真的很窘，因为他们要求我们谈的不是什么相识相知相爱的过程。要知道我们这些同学在外地生活半年就已经变得很成熟，他们说到性的话题很自如，而我和小军却很不知所措。其中有一个说，他们宿舍的一个陕西哥们儿，几乎一个月就换一个，干那事的时候，就把舍友全轰出去，规定十点以前不能回来。有一次我的那个同学十点以后回来，一躺下，发觉枕头湿漉漉的，实在恶心，那哥们儿却若无其事地说一句“抱歉”完事。

我和小军并排坐在一起，一声不吭，像两个停留在高中时代的笨蛋。实际上，我和小军之间的谈话，都从没有涉及这些。我想小军不会知道我迷恋他的身体和他的沉默到了什么地步，我也不知道小军对我的身体的感觉，只是，在那个昏暗的小阁楼里，我们彼此看不到彼此的脸，我们在那些酸笋紫苏的味道周围，呼吸着那些狭窄的自由。

那一次，我绞尽脑汁给他们讲了个故事，作为补偿他们热情追问下的不合作。

我跟他们说，在我刚刚当服务生不久的时候，那些喝茶的人们照例拿着张报纸边看边讲，一则头条引起了他们的话题，说是一个外省女孩儿在报上刊登了征友照片，没想到却被人剪下来处理成了全身赤裸的黄色照片，卖了不少钱。茶楼里的每个人都在传阅着连同新闻刊登出来的这张照片，即便在关键部位报纸做了处理，但是那张美丽的微笑的面容，配着的绝对是一副魔鬼的身材。后来，一个人大叫起来："那不是阿菊吗？不是这个茶楼的咨客吗？"于是，茶楼里的人都轰动了，我凑过去仔细一看，真的，真的是阿菊！阿菊自己也不知道这件事情。她在那一刻，脸色都发白了，穿着制服哭着跑了。几天后照常上班，很多人还因为想看看这张照片的主角特意来喝茶，阿菊一脸的麻木，照样给客人带路。从那时候起，我就和阿菊好了起来。阿菊说："她只不过从外地来，很寂寞，希望多有一些朋友，才去登征友广告。"事实证明，阿菊后来也没有几个朋友，除了我以外，就是"打捞"。

当我讲完这个故事，阿菊在不远的人群里正与客人谈笑自如，我的那些同学们都向她望过去。有谁说了一句："她真人身材也不差啊。"

后来他们就沿着我的话题说了起来，说是像这样的遭遇，在网络上多不胜数，然后他们就说起了网络上骗人的爱情故事，怎么去骗，怎么受骗。

总算把话题从我们身上转移走了。我很放松地坐在那里，也没怎么听他们激烈的论争，那个离我和小军很遥远的另外一个世界，虚拟也好，实际也好，统统与我和小军的生活无关。

那一次以后，小军再也没参加过我们的聚会。同学们再也不去追问我和小军的故事。我知道，他们并不真正关心我和小军在这个城市的生活，他们只是不断地想告诉我这个城市以外的我们所不能领略的东西。

在那一次聚会上，我们班上一个同样没有考上大学的女孩儿阿靓也来了。说到黄段子，她笑得最响。在读书的时候，她就是个很外向的女孩儿，喜欢跟男生一起玩，毕业后就到本市的一间保险公司干起了保险。她说："你要不信也不怨你，人就是很容易遭遇些你预料不到的事情，我当初为什么喜欢上做保险？就是因为有一次我的妈妈在家里，被小凳子绊了一下，脚被摔断了，除了单位的医疗保险以外，妈妈还获得了保险公司一笔可观的保险赔款呢。你说，人在病痛的时候最缺什么？就是钱啊，现在的医药费用飙得那么高，单位还要实行医改，谁病得起啊？尤其是你俩，"她对我和小军说，"没单没位的，光靠那点儿薪水，有个什么病痛还不把老底全掏光了？我到保险公司做不了两个月，真的就出事了。你们看我的面相吧，也不应该是个倒霉的人，可是人要倒霉起来，那是没有半点儿情面可讲的。我就站在斑马线上等绿灯，也还会被一辆出租车撞出几米远。你们看，你们看，我手臂上的疤。”于是翻出一个不大但挺模糊的疤在我们眼前晃了一下。“我当时就躺在马路上，脑子虽然清醒，但已经不能说话，不能动了。还好，大难不死，关键的是，我买了意外险，我自己不但不用花一分钱，还获得了几万块赔偿。”阿靓一口气说得很流利，我们听得很传奇。最后，她看看我们，说：“当然，谁会希望发这样的难财？我是个悲观主义者，人的旦夕祸福谁也无法预知，有些事情要轮到你头上，及早做准备会好一些。不瞒你们说，我现在觉得自己做这个职业，有一种很强烈的使命感，保险这种事情在中国已经开始普及，但在我们这个城市还是没有得到接受，那是经济和观念的落后造成的，老同学一场，我真心地向你们介绍投保的好处。”

听到这里，我们就开始心散了，说了半天，是职业习惯，那些流利的描述，阿靓不知对多少人说过。我看着她很热心地拿出保单一项一项地向旁边的同学解释，像一个布道者，而我们都很有礼貌地应付着她。也许大家心里都十分的不情愿，赚钱赚到老同学身上来了。

最后，阿靓把保单重新放进自己的包里，解嘲似的说：“我现在已经有很多客户，已经不用再做陌生拜访，我做熟客就已经超过一年的业绩了。”

陌生拜访？我知道，我们家的门就曾经被一些穿着很整齐的保险人员敲开过，刚开始还应付他们一下，后来就门都懒得开了。我想象着阿靓在门外敲门的样子，那么美丽青春的面容，却不断地忍受着拒绝的冷漠。

之后的不久，有一个晚上，小军来找我，问我能不能借些钱给他。这是小军头一回向我要钱。他说，他要买保险，买意外保险。我愣住了，小军说，下午的时候，阿靓做陌生拜访敲到了他家的门。实际上阿靓一直在做陌生拜访，根本没有熟客，她还在街上拦住行人求别人投保，就像那些促销人员。我记起那个冬天，我和小军在街上派发诗歌传单。后来我一直很厌恶这样的打扰，走在路上那些百折不挠的热情，让我总是感觉到生活的卑微，就像诗歌在垃圾桶里那样的卑微。小军还说，阿靓做陌生拜访，在一个小区，一个人逐家逐户去敲门，敲了一千三百多户，才做成了一单仅仅三千块的保单。今年再没有业绩，阿靓就要“阵亡”了，“阵亡”是他们公司的术语，就是被炒掉的意思。

我把我那张没人知道的存折里的五千块取了出来，小军拿去买了意外保险。我想象不出在这个平淡的城市里生活，还能有什么意外，除了阿靓散布的那些真真假假的遭遇。

我的存折又从零开始。

虽然我攒钱很慢，但是我很努力。我相信，这个城市一半以上的人都在努力攒钱。像“打捞”，才下岗不久，就又寻到了一份新的工作，而且干了不久就干出了口碑。现在连我都知道在医院有一个“陪人”，特别周到，特别讨喜，在他精心陪伴下的病人，恢复得很快。

“陪人”就是病人家属请来帮忙看护病人的保姆，干这活儿的多半是女性，可是“打捞”却比女人干得还出色。因为他很热心很细心，对待病人跟对待自己的亲人一样。谁会想到曾经到处追罪犯，大声审犯人的“打捞”居然能干那么细心的活儿。他在陪病人说话的时候特别逗，讲很多他过去所经所闻的趣事，病人听了可以分心。据说他敢在被毒蛇咬的病人腿上吸血，还敢抚着肺痨患者的胸口一块儿睡觉，他很有耐心地一遍一遍地帮中风的老人练习走路，抱着离家出走的患有阿尔茨海默病的老太婆回家……关于“打捞”的好，挨家挨户地传。后来，干脆在报纸上就有了带图片的报道，阿菊高兴地买了好多，寄回家收藏起来。阿菊说：“你才知道，实际‘打捞’很温柔。”

我知道，阿菊是要踏实地生活了，这个在她内心中可以托付终身的人，一点儿也没有令她失望。

“打捞”也因为这份新的工作而变得忙碌起来，也没有时间来光顾我们的茶楼了。逢年过节，那些请过他当“陪人”的家庭，知道他一个人没个去处，都喜欢把他请回家里一起过节，有的时候，“打捞”还把阿菊也捎上。有一次过中秋，市长的妈妈就把“打捞”和阿菊一起邀了过去赏月，一遍一遍地告诉阿菊，“打捞”这男人特诚，在她住院的时候，行动不方便，出入都给抱着，连上厕所都待在门外怕有个什么闪失，就算自己的亲生儿子也未必做得到啊。阿菊那天晚上特别开心，她没想到自己还能在市长的家里，在那个大大的阳台上，喝茶，看月亮。多少次，她自己一个人走在这个城市的楼房底下，从下看那些阳台，晒着各种各样的衣服，偶尔还有吊着几叶白菜的。她想，这一家一户，没有一间是属于她的，她终究是个过客。当她有机会站在自己曾经仰望过很久的阳台上，而且还是跟自己认准的那个人，而且还是在这个城市的核心人物家的阳台，她觉得这是自己这辈子梦想不到的事情。

那个中秋晚上，她和“打捞”散步回家，回到他们的小船上，在微醉的“打捞”身下，她对着那轮满月，叹了一口气，很满足地说：“我要为你生个小孩儿。”

“打捞”不知道听见没有，像个小孩儿一样伏在阿菊的身上，不吭声，不一会儿就传来了鼾声。

阿菊第二天告诉我这些，很多时候，想到小军，我也会有这种感觉。我认为小军是个天才，在我卑微的爱里，他一直那么崇高，即使是那么苍白的一张脸，那么单薄的一副身体，即使在做爱的时候，他会那么精疲力尽地睡去，像个一点儿没有保护能力的婴孩，可是，他却有那么多的能力去让我为他做任何事情。很多时候，我觉得我这样赴汤蹈火地爱小军，是一种病态。实际上小军对我并不是特别关心，甚至有些漫不经心。我却像一个母亲一样对他难以释怀。在我心里，他像个容易出错的小孩子，很多时候不知所措。

自从小军买了保险，阿靓就经常出现在我们的话题里。事实上，在阿靓做陌生拜访的那个下午，阿靓就已经和小军有了关系。小军一向不喜欢撒谎。

有很长一段时间，我无法面对自己的身体，我想小军是不满意我的身体才会和阿靓发生关系的。因为我在感情和生活上，竭尽全力地对小军，小军是知道的。他曾经不止一次地把头埋在我的胸口上，说着很感激的话，他甚至唤我“姐姐”。

当我的脑子里掠过阿靓那丰满的身段，那充满活力的动作时，我就很汗颜。

一个下午，在上班之前，我一个人偷偷地跑到街口一间由老电影院改装成的录像厅，我知道那里长期放着一部据说是有关成人性教育的片子，那个大大的很没有艺术感的招牌长年地竖在门口，《性的幸福》，是作为每一部录像放映前的附加纪录片，据说只有半个小时。我刚走近录像厅，就有好几个售票员争先地招呼我，拿着一根小小的藤棍，敲打着桌子前的招牌，上面一列的录像片名，都有着香艳露骨的名字。我迅速地挑了一个还算文雅的录像厅的名字——郁金香厅，买了票，也没仔细看到底演的是什么。走进郁金香厅，里面黑漆漆，我看不到里边究竟有没有人，一会儿，就有一束电筒光朝我扫过来，一直停留在我的脚前，然后照着我往前走，我一步一步摸索着跟着这束光，在一个位置上坐了下来。电影已经开始了。《性的幸福》，正是我要看的。讲解员像上生理卫生课一样给观众讲解，才不到五分钟，电影画面就变了，讲解的声音也换成了暧昧的音乐声，两个男女变换着不同的姿势，不久，就跳出一个男演员，他向观众介绍着他在桑拿浴的时候最喜欢做些什么。

科教片已经被偷梁换柱成了三级片。这时，我的脸开始发烧，我下意识地看了看四周，在适应一段时间的昏暗以后，我才看清楚，四周全坐满了人，姿态万千，好像都是男的，侧对面居然还是一对情侣，在情不自禁地接吻。当我正想离开的时候，旁边坐着的一个大约四十岁的男人，好奇地探过头来看我，大概像我这样年轻的女孩儿独自来这种地方看三级片，实在少有。这个男人好像是个常客，对着屏幕侧边的放映处，喊："卡带了，卡带了！"我看上屏幕，果然，一男一女以一种很怪异的姿势滞留在那里，录像带出了问题，放映员不知从哪个位置噔噔噔地跑进了放映室，不一会儿又恢复了正常。正常了的屏幕上出现了令我很尴尬的图像，伴随着混乱的叫声。

我在这种叫声中离开了录像厅，一路经过的那些座位上的男人们都用好奇甚至有些不怀好意的眼光看着我，尽管在漆黑中，我还是觉得自己像是赤裸地穿越这些目光，一道又一道。

等我走出来，下午的阳光刺目得让我眩晕，我的眼睛流着泪。大街上很热，我希望进入一间开着空调的商场或是超市什么的。

我进了新华书店，这个好久没有来的地方，记得从前老师布置买一些复习参考资料，跟同学们成群结伙地来这里，总是要吃书店旁边一个路边档的烤鸡翅膀、烤牛肉串以及鸡杂串之类的。当我跨进书店，发现里边全改了，左边是一个冰室，门口大大的招牌写着“正宗台湾珍珠奶茶”，右边居然是曾经在路边的烧烤档，还增加了牛腩萝卜、酸笋田螺等这些著名的小吃。人不少，空气还不算太糟，因为有空调的缘故。这些昔日街边的摊档竟然入室占据了新华书店。

左右张望，看到正对门的楼梯口上挂了一个牌子，上面一个大大的红色箭头指向上：由此上书店。沿着箭头，我上了二楼，跟楼下的景观相比，简直相形见绌，头顶大大的旧风扇，大刀阔斧地旋转着，寥落的几个人也无心地翻看着，凌乱地摆着的几架书前耷拉着一个陈旧的牌子——图书五折。曾经两层楼的新华书店也被打了对折。

那个晚上，我向茶楼请了假。我大概是中暑了。躺在我的阁楼里，听着骑楼底下哗哗哗的田螺翻动的声音，小军说，那是海涛的声音。我很强烈地想着小军，甚至把脸贴在我的花窗上，向下张望，我盼望能看到小军像往日那样，穿过一桌桌的摊档，走进我家的旧屋，爬上阁楼，照旧什么也没说，直接进入我。

可是，我什么也没有看到。窗外那只旧环，一直静静地待在那里，唯独它不知道时光就那样一点儿一点儿，注满了它旁边的裂痕。

成为阿靓的客户这件事情，小军认为并没有影响和我的关系。每个星期，小军总会有一天从我的阁楼爬下来。其他的时间里，我不知道他会是哪一天邀请阿靓到家里做“陌生拜访”，总之，一定会有一天，在阿靓“扫楼”的过程中，顺便去回报他的客户。

这件事，我没有告诉别人，除了阿菊。

“你爱小军吗？”

“爱，很爱。”

“你能想象离开他吗？”

“能。”

“会怎样？”

“马上跳河。”

“你能想象他离开了又回来吗？”

“能。”

"会怎样？"

"爱，很爱。"

"问题是，你已经跳河，怎么爱啊？"

是啊，万一他回来了，我又跳河了呢？

所以，还是不要跳河，不要让他离开。

我就这样没有让小军离开，更加没有跳河，就是害怕哪一天，小军离开了又回来以后，再也找不到我了。

小军一直把我的阁楼当作窝。他和我在上面做完爱以后，会睡得很熟，很长久。我经常是睁着眼，陪他睡好几个小时。他把疲倦留在这里，随着轻微的鼾声一起从花窗飘出去，很快就被窗外的市声淹没了。他还会做一些奇怪的梦，像他从前的诗句一样奇怪，于是，当他醒来，他就会很满足，像回到了灵感的森林。所以，我想，等到我们结婚，搬出去，用我的存款住到公寓去以后，我还是要搭一个阁楼，我们一直要在阁楼里做爱，他在床上面的我和天花板的夹缝之间，依然游刃有余地自由翱翔。

小军，我很害怕，害怕你总归是要离开我的。

小军叹了一口气，没有说话，只是用手抚了抚我的脸。我顺着他的手，用唇吻他，手指、臂、肩膀、耳根、头发、脸，还没有等我寻找到他的唇，我已经在下面了，我看到了我头顶的小军，我们这一次特别使劲，好像彼此都用尽了一生的力气。我追随着他，那么紧，那么深。很快，我们都不见了，剩下两只蝙蝠，在黄昏的山洞里，用敏锐的翅膀一下一下地拍打着对方。

最后，我们倒挂着，一切都颠倒了，包括花窗外的世界。

阿菊忽然不见了，一连好几天。这时我才发现，其实阿菊在我的生活里，就是一个上班的标志。当我看不到阿菊的时候，我居然找不到下班后联络她的方法，没有电话，没有寻呼机，不知道她住哪里，不知道她有没有老乡。我们仅仅在茶楼的时候是朋友，我们甚至没有一起在下班的时候逛过街，一起吃过一顿饭。这几年，阿菊下班会去哪里？怎么过？

几天后的一个晚上，我在“打捞”的船上找到了阿菊。“打捞”的船因为认识了阿菊以后，就一直没有移动过位置，还是那次我和小军做爱的那个地方，离桥不太远，离市中心也比较近。我在岸上看到“打捞”的那只船，船篷被掀开了，没有亮灯。我想起阿菊说过，她最爱在夜晚和“打捞”两个人，掀开了船篷，在漫天的星空下做爱。我的心开始跳，我有一点儿期盼看到这样的画面，像电影里一样的浪漫。当我一步一步走近，我依稀看到了一个人，躺在船肚中央，只有一个人。我喊：“阿菊，阿菊。”没有回答。我又喊：“‘打捞’，‘打捞’。”半晌，那个人才回答：“‘打捞’走了，走了。”是阿菊。

我踩过柔软的泥沙地，走过踏板，上了船。由于我的上来，引起了船的摇晃，又是那一阵熟悉的摇晃。

“阿菊，你怎么啦？”

“‘打捞’走了。”

“‘陪人’去啦？”

“我陪他来了。”

“阿菊，你怎么啦？”

“阿菊，开灯好吗？”

灯亮了。阿菊的脸肿了。

“打捞”是真的走了，扔下阿菊和他的船。

“打捞”前两个星期接下了一个“陪人”的服务。一个大款，他的女儿生了一种疑难病，无端端地走不了路，两腿没劲儿，没磕没碰地就发作了，也不知道是怎么回事。抱到医院去看，一个老医生说，这是一种北方病，在我们这边极少见到，当然也不会有什么好的治疗方法，建议到北方去看看。大款要看着公司，没法走开，请“打捞”陪女儿上北京协和医院，除了可以让从未坐过飞机的“打捞”坐往返的飞机以外，还付比这里每天的“陪人”工作多双倍的酬金。“打捞”这一辈子估计是没有离开过这个城市的，年轻的时候在港口码头巡逻，注视着船只从这里出发又从远方回来，来来往往，也不知有没有存过外出的念头；下岗以后，就在各个医院的病床之间来回，在白色的世界里跟疾病、死亡擦肩而过，最大的快乐也许就是跟阿菊晚上躺在天空下，喝酒，剥花生，做爱，外边的世界就是抬头可见的天空。

“打捞”推着轮椅上的那个女孩儿，从码头上走的，上船，先到下游的广州，再从广州的机场飞向北京。

在广州的一个路边，“打捞”抽空打了个电话到茶楼报平安，说广州真大，出租车堵车的时候，那个带响声的计费表每跳一下就让他心跳不已，堵得太久，表跳得都让人想跳车。后来，阿菊就再没有听到过“打捞”的声音了。

前几天，“打捞”原在的派出所找到了阿菊，递给她一个盒子，“打捞”在里边。

“打捞”在协和医院门口，目睹一个小偷抢了一个妇女的钱包，小偷在拥挤的人群里逃窜，“打捞”一个人在后边穷追，一边喊：“不许动，要开枪啦。”小偷回头看看他，喊：“甭他妈装了，南蛮子！”“打捞”急了，追得更紧了，人们看到好像是两个仇家在追杀。在一个僻静的胡同里，“打捞”被捅到了肝。在医院里，“打捞”跟来处理的警察说：“我们是同行，我在派出所工作，我也是抓小偷的。”于是，“打捞”的骨灰盒依旧被送到了派出所。那里边的“打捞”不是那个陪人的“打捞”，不是在医院那个给人笑、给人说话、给人揉胸捶背的“打捞”。

阿菊哭了几天几夜，没有人会注意到那条一贯在那里的船上的动静。小军说过，岸上已经没有诗人。

阿菊辞掉了茶楼的工作，住到了“打捞”的船上，也在医院里当“陪人”。很快，阿菊也做出了口碑来，像从前的“打捞”一样。我相信，阿菊肯定会比“打捞”干得好，因为她年轻、甜美，她能说很多在茶楼里听到的段子。不过，我一直担心，这个湖南女人，这几年学到的本地方言，够不够用。

后来，我连这点儿担心也没有了，因为一年以后，我们这里的医院有了新的规定，为了整顿医院的管理，取消“陪人”的服务，一律由护士代替。

我就再也没有阿菊的消息了。这个城市虽然不大，可是要寻找一个人，也不简单，尤其是一个你除她上班以外就一无所知的朋友。

我曾经连续关注我们这里唯一的一份日报，我在中缝里很仔细地看，我希望能看到阿菊的征友启事。我看得很仔细，真的很仔细，我想阿菊是不会再把照片登出来了，我读上边那些写得很诚恳、很格式化的文字：

×××，女，28岁，身高1米62，家乡四川，温柔美丽。同为独在异乡的你，是否会经常感到寂寞？来，让我们交个朋友吧！

这份报纸的编辑，因为没有竞争的压力，教人拟的“征友启事”，千篇一律的几个版本。没有一个叫阿菊的二十八岁的湖南女人出现在上面。我猜她已经改名了，也修改了年龄，可是我却一直相信她还在这个城市，她不会走。她说她喜欢躺在船上听风的声音，可以听到水的声音，像家乡的麦浪；她喜欢看星空，密密麻麻的像童年的萤火虫阵。

当我和小军有一次经过那条船的位置，江面空荡荡，曾经扎系过那条船的石桩还在那里，孤单地——就像我的花窗外侧的那个铁环一样——等待着过往船只的靠岸。

我经常问小军他去安装空调的那些西区的公寓，要多少钱。小军说说不准，楼层越高越贵，像他曾经去安装过一个人家，23 楼，要二十万。二十万，在我这样的人眼里，是天价，我们这个城市有大半的人一辈子都存不到二十万。那么 1 楼呢？小一点儿的呢？十万以内的也有。小军总是不喜欢继续我的问话，问了两个问题，他就不耐烦，仿佛西区是他独有的世界一般。在西区，真的看不到像我们家这样的骑楼小屋，因为防洪堤筑得高，从此不会被水淹，市政府也搬了过去，然后陆续很多重要的部门都搬了过去。

我下决心，有一天我和小军也会搬过去。我的存款已经达到两万块了。这一年多来，我几乎没有添置任何新的衣服，实际上我基本用不着很多衣服，每天上班穿茶楼那两套粉红色制服，轮流穿着。到明年，我就有资格向银行借钱买一套十万以内的公寓了。我为我的“阴谋”而兴奋，我不止一次想象我把小军领到我们的新公寓，然后看着小军把空调安在我们的墙外，呼气、吸气、呼气、吸气……

有一天，小军带我到西区，坐在他摩托车的工具箱前，穿过这里唯一通向西区的那条桥。我们在那幢标志性的30层楼四周张望。米黄色的外墙，戴着一顶蓝绿色的三角形的帽子。一进入西区，就以它为指南针，向东向西向北向南。小军指着这幢楼，告诉我："你看，这里，12楼、19楼、21楼、23楼的空调都是我装的，看到了吗？数，从这里是1楼，下边不算，下边是写字楼，办公的地方。"我顺着小军的手指往上数，我分别看到了那些小军装上去的空调，一个一个附在墙外边。我的头在旋转，站在那上边的感觉会是怎样？往上看我已经脚软了，往下看，我会不会晕倒？

大楼的周围是一个圈起来的花园，有草坪，有喷水池，一个大铁门隔开了路人，铁门口是穿着制服的门卫，很精神地守着。

"小军，你经常进去吗？"

"是啊，检修空调。"

"给进吗？"

"楼下有对讲机，要上边按了开门才能进。"

"小军，以后我们也住进去，好吗？"

我差点儿泄露了我的"阴谋"。当然，小军并没有听到，他在看一个人进铁门，一个很年轻、身材很好的长发少女。

“她今天没有坐小车。她自己放学回家。”

“小军，你认识她吗？”

“23楼的。请我喝过可乐。她是唯一一个请我喝过可乐的客户。”

“她还在念书吧。”

“高三。”

“她一定很美。”

我只看到了她的背影，是很讲究、很优美的背影。

小军没有再回答我。

在我们要离开这幢30层楼的时候，我惊奇地发现了这幢楼外墙上有一排人，从楼顶上吊着几根绳子，绳子上结着个小木板，他们坐在上边，两腿悬空，手里拿着一个带柄的擦布，很整齐地自上而下地擦洗着。那些清洁工，在洗刷这幢大楼的外墙，蓝色的玻璃上，白色的肥皂泡沫有的像白云一样不时飘下来。这几个人，一边说笑，一边很整齐地刷着，一层一层往下。

“小军，他们不怕绳子断吗？”

“不怕，凌空的感觉最好。”

小军说，他最喜欢在高楼装空调，腰间别着绳子，站在只有一个人容身的铁架上，人可以自由地转身，爬高爬低。

小军最难忘的，就是他那次在23楼外墙的架上，正好一架播种的小飞机低低地掠过，那么近，仿佛可以伸手触到，他就单腿站在边缘，看下去，是蚂蚁的世界，飞机的盘旋牵动了风，风把他的衣服吹得鼓胀，自己像是跟着那架飞机一样飞了起来。

以后，再也遇不到这样的机会了，他每次到高楼的墙外，总是希望能遇到又有一架播种的飞机掠过。

实际上，这样的飞机每年才飞一次，是政府为了搞绿化从外地请来的一架专用飞机。

那个23楼的，是小军在半年前上门安装空调时见到的。

据后来小军说，当时她穿着一套淡蓝色带碎花的丝绸睡衣，有些汗从背部沁出来。她在一间很大的书房里看书，家里的大人都外出了，留下她在家里等上门安装空调。小军从她的大书房的窗户探出去，上螺丝，钉架子，打洞，然后就跳到钉好的架上装空调，从房间一个角落钻一个大洞，把一根胶管透出去，把房间的空气输换到23层以外。钻洞机器张地钻着墙，飘下来的水泥、砖粉，覆盖在她那张大大的书桌上。

23楼的问他：“能不能不打洞？”

小军说：“不打洞怎么换气？”

“好好的墙硬要打个洞。”23楼的嘀咕着，像是什么东西强行侵犯了她。

安装完以后，23楼的让小军打开空调试试，她从冰箱取出一罐可乐递给小军：“歇会儿吧。”小军说她的声音很好听，很软，像身上的丝绸一样。空调很快就凉了，整个房间都凉了。一会儿，小军收拾工具，说：“下周再来检查。”可乐只喝了一半，她摇了摇，说：“可乐带走吧，扔了可惜。”她送他穿过很大的客厅，他看到一面墙上有一张巨大的她的照片，黑白的颜色，黑白分明的眼睛，像是凝固在墙上，柔和的壁灯照着她的微笑。小军这才看仔细了这个 23 楼的女孩儿。

“那里连蚊子喝的都是可乐。”小军这样说。

过了一周后，小军果然去检测，东敲西敲，把脑袋探出头去看扇页的转动。那一次，也是只有这个 23 楼的在书房里等他。小军最后拿出一张维修登记表，要 23 楼的填。姓名、地址、电话号码。实际上这些在购买的时候已经由她的父母填过，23 楼的不太知道这些，她的书桌上摆着她的复习资料，很厚。

“准备考试了吧？”

“是啊，黑色七月。”

“准备往哪儿考？”

“上海交大。”

“哦。上海好。”

“你去过吗？”

“啊，小时候去过，没印象了。”小军骗她。

这是小军跟 23 楼的说话最多的一次。

简单，W市文化路漾晴大厦23楼03室，3859206。23楼的伏下身子，很认真地填着表。一缕头发从白皙的颈边垂下，飘荡了几秒钟，然后就被手习惯性地掠回了耳后，那双手，跟她身上那套白色的棉质运动衫一样，充满了活力和灵气。

“简单，多么特别的名字。一听就是80年代以后出生的。”小军这么说，“像我们这些70年代初出生的，什么军，什么梅，什么朝阳，什么旭东之类的，都是那些年代的标志。”小军是把我和他的名字都鄙视了。在此之前，我从来没有为我们的名字而感到过异常。

我后来才知道，小军不仅喜欢简单这个名字，而且还喜欢简单。

简单当然不知道，那个安装空调的男孩儿，把她的姓名、地址、电话要去了之后，就开始重新写诗。有几次，我们做爱的时候，他半途停下来，念出几句，然后写在纸上。我的裸体蜷缩在半路，我感到小军写在纸上的那些关于爱情的诗句，与我无关，我的身体也与他的身体无关。我们开始在陌生的路上做爱，我的阁楼就是一个黄昏里的客栈，那些飘荡着的紫苏酸笋味道，在他吟诗的时候，廉价又窘迫，看着边流汗边激动地在纸上写字的小军，我会希望这些味道全都消失，我会希望我床头的那把老红运扇变成一部空调，无声地奉献着制造出来的清凉。

这是最近让我非常忧虑的事情。我的忧虑总是不得而知地来临。我记得小军从前曾经这样宽慰我："一个临终的老头儿，把他的孩子叫到床头，说，我这一生，有过许许多多的担忧，可是，它们都没有发生。"

可是，什么时候我才能有资格说这样的话？

小军像一片纸一样从天上飘了下来。那是一个暑假的下午。小军从天上飘了下来，引发了本市的一场大争论，在报纸和广播上，专家们翻着书本在争论。这条命，赔不赔，赔多少？

当我在太平间看到小军，我已经认不出他来，23 楼的高度，把人体的结构都错位了。

小军是死于意外，还是死于自杀？

这是一直以来人们讨论的关键。

要知道，小军是一个普通的空调安装工人，他的女朋友是一个茶楼推点心车的服务生。要说特别的地方，这只有少数人知道，我病态地爱着他，爱着这个实际不会属于我的他，并且让我发疯地攒钱，攒一套实际不会属于我和小军的公寓。

很多人就他"踩在23楼的空调架上，腰上有没有别绳子"的问题研究来研究去。

这一切，与金钱有关。

小军跟阿靓上了床，用我那五千块买了意外保险，获益人的名字竟然是我。拿着那张保单，我的一个远房亲戚——这里的一个三流律师——帮我估算了一下，保险公司应该赔偿我二十万元。

二十万，可以买下那幢楼的23楼，就是简单住的那一层，也是小军飘落的那一层。亲戚说："那是你一辈子挣不到的钱。一定要索赔。"亲戚打到保险公司，找阿靓，那边说："阿靓早就'阵亡'，被炒掉快半年了，无法联络。"辗转找到小军的资料，那边说，他们要调查。

保险公司派人一次一次到23楼出事地点取证。说："事实证明，小军并没有在腰上别保险绳。什么是意外？意外就是发生了不应该发生的事情，比如说绳子质量问题，或者挂钩质量有问题，人掉下去了。小军根本没有扎绳子，没有吊挂钩。"

最后一次我也去了23楼，简单不在，她的父母说，为了给她压惊，让她到国外散心了。

我看到了客厅里小军说过的那张巨大的黑白照片，简单在那里对每个人笑。我也看到了简单的书房，那么宽敞，光线很好，很安静，很大的书桌。我也看到了小军在墙上打的洞，那根白色的塑料管硬生生地探进来，是整个书房最不谐调的地方。

他们打开窗，给我看外边的空调架，实际上，那根绳子的一端还牢牢地钩在铁架上，另外一端，是空的，垂直地荡漾在空中。从 23 楼望下去的感觉，原来跟那次在楼下数着望上去的感觉那么不一样，风是和我一体的，声音是来自天空的，我想小军一定也很留恋站在架上的感觉。

我知道，小军是没有扎绳子。那个下午，一个空调安装工人，和一个豆蔻年华前程似锦的高三女孩儿，待在 23 楼的空调书房里，她会给他一罐可乐，他想着慢慢喝完了再走。小军说，他最喜欢在高楼的外墙，等待播种飞机掠过，然后单腿站在边缘，跟飞机一起盘旋一起飞走。那个下午，飞机来了，或者没有来。小军骑着自己的想象飞走了。

保险公司的人说："小军根本是有预谋的自杀，因为那个下午，23 楼的客户根本不需要修理和检测空调，是他自己打电话临时上去的。"

简单给小军开了门，小军就飘了下去。

我始终没有见到简单，简单在墙上，当我关上门离开的那一刻，我竟然有一种绝望，这种绝望一直萦绕着我。我对我的那个律师亲戚说："算了吧。"他说："不行，现在这里的保险业务还没有完善，我们一定要打赢官司。"

于是，我那存折里的两万块，全部花在了二十万的索赔过程中。

我也被登上了报纸，像当初阿菊一样被茶楼传阅。

一直过了几年，索赔还是没有结果。这个城市一再地拖欠着小军，而小军，一再地拖欠着我。

蓝　牙

孙芊蔚没想到丽江古城色彩那么明艳，好像手机屏幕的亮度被谁的手指不小心滑到了顶格。花的色彩、油纸伞的色彩、天空的色彩、游人服装的色彩，饱和度极高的阳光一一将这些颜色调到至亮。这是她第一次踏入丽江古城，却不合时宜地先在心中盘点箱子里的衣服，哪一件能配得上这些鲜艳？她不是那种喜欢拗造型的女人，这可能是她近年来的一种心理惯性。出门变得有些焦虑，焦虑晴雨，焦虑衣履，焦虑酒店的枕头是否贴合她的颈椎……结果总是失算，哪一次出门都会感觉错带或漏带了一件必需品。

唯一庆幸的是，她犹豫再三最后还是放进去了那件帽衫，就在箱子里的最表层，做好了空间不够随时可放弃的准备。这两年，她调暗了自己，衣服基调脱不了黑灰藏青，在她身上找不到一朵花卉的图案。那件帽衫是例外，买来打算春天夜跑穿的，颜色是不太常见的嫩绿。不过，孙芊蔚在古城里轻易就找到了它的同色系，在那些抬眼即见叫不出名字的多肉盆栽里，有各种程度的绿，它就是那种透明、亮晶晶的绿。孙芊蔚一眼就辨别了出来。这绿色多少缓解了一些她的焦虑。

预订的房间数量不够，他们要分成两拨分住两处。她被安排住在新义街的一间民宿。门楣被垂落下来的紫藤花遮住，庭院深深，从门口望进去，只能看到尽头一块巨大的照壁。穿过一段近二十米的长廊，拐个弯，才能看到露出天空的院子，以及院子里两两相对的客房。

她的房间是103。服务员告诉她："一楼北面是单号，南面是双号。"穿过院子时，她看到一张长条茶几，几只小茶杯里余着绛色的茶，深浅不一。有根烟被搁在烟灰缸沿，慢吞吞地将余生最后一口气吐向它旁边那盆又肥又矮的多肉。估计是刚坐在这里的两男两女，现在站到了院子一侧，手机对着草地上一匹卧着的木马拍照。发房卡的时候，负责团队后勤的小单告诉大家，这里是当年马帮头子的老宅。103房间门口正对着那匹木马。当中没拿手机的年轻女人朝她笑笑，说："这马好萌呀。"孙芊蔚礼貌地点点头，应了声："是呢。"

民宿都是木头建筑，用那种不上漆的整木。房间当中一根大梁柱，如果不是屋顶阻隔，会以为那里种着一棵老树，树皮斑驳，枝叶都在房顶之外。仔细看，才能看出人工做旧的手法。木门隔音不太密实。孙芊蔚简单洗了洗脸，等热茶的温度适口，等到院子里讲话的声音消失了，她才打开房门，走近去看那匹伏地的木马。跟建筑的整木相反，它由很多块碎木条拼接而成，色调像灰岩剥落的石块儿，裸露着骨骼，筋脉、鬃毛与木纹的沟壑纵横吻合，真像是一匹茶马古道退役下来的老马，卧下，就从此走不动了。孙芊蔚在院子里走一圈儿，从某些角度看过去，那马不像马，倒像是谁即兴搭起的一堆乱木，即将燃烧起来，即将被人围着跳锅庄舞。刚才路过玉河广场，那里有一块闪动的电子大屏幕，游客在里边围着篝火跳舞，孙芊蔚觉得那是更为壮观的广场舞。

转过一个拐角，孙芊蔚斜眼看到了二楼走廊上的老谢。她朝他挥挥手。他随即晃了晃手上的烟。这手势如此熟悉。老谢瘦瘦的中等个儿，站在某个角落，朝人晃晃手中的烟，漫不经心地打个招呼。就算在不久的将来，他们不再有关联，在更久一点儿的将来，他们老得杳无音信了，孙芊蔚相信这动作也会伴随这个人的名字一起浮现。他们没再说什么，对于各怀心事的这类时刻很默契，无话也不尴尬。

老谢使新环境引起的那点儿兴奋感黯淡了下来。等她转回 103 房门前，那匹正对着的老马又像一匹马了，是一匹忧郁的老马。

来丽江是老谢的选择，作为 PR（企业公关）的一次团建，或许说是一次为了告别的聚会更为确切些。老谢将要调离公司总部，到一个三线城市的分公司继续任 PR 经理。这消息瞒不住。即使老谢在公司茶水间悄悄告诉过孙芊蔚，但彼时其实早已不是秘密了。他们这次团建不设主题，务虚，公司就当出钱给老谢请客，答谢一下团队。在梵净山和丽江之间，老谢最终选了丽江。孙芊蔚对老谢讲："我都不好意思说出来，我竟然没去过丽江。"她和老谢都是"70 后"。老谢在"70"头，她在"70"尾，行事风格却像隔了一江水。老谢对她的话没反应。说起千禧年前后，文艺青年界忽然流行一句调侃的话："不是在丽江，就是在去丽江的路上。"孙芊蔚处于那段时间的河流里，似乎不应该掉"队伍"。老谢很不以为然。不是对丽江，而是对"文艺青年"这个词。按照孙芊蔚对老谢的了解，如果不是照顾手底下那几个"80后""90 后"，他更希望去腾冲。因为最近他忽然开始对历史产生了浓厚的兴趣，仅有一小时的午休时间，他躺在办公室的沙发上，耳机里播着王树增的《1911》，闭目，迷糊时会被某个高音惊醒。他对现在进行时态的新闻和八卦丧失了议论的兴趣，倒是时不时在跟人聊天的时候会冒出"大多革命都起源于对腐败的抗议……"，搞得人不知怎么接话。

在这家美国驻华公司之前，老谢是报纸的财经编辑，猎头以年薪六十万的条件把他挖过去，为公司完美处理过几桩影响恶劣的危机公关，升到 PR 经理的时候，他把孙芊蔚也从报社挖了过来。他们一直搭档得很好。老谢利用原先在报社的资源为公司摆平媒体，孙芊蔚为老板起草的新闻通稿，无论在报纸还是网站上发表都恰如其分。他们在真实与谎言之间找到了一些模糊的句式和语法，乃至标点。不过，这几年，除了负责撰写公司形象的新闻稿，他们处理负面消息显得有点儿束手无策。无论如何，现在人们穷追真相的呼声虽响，但耐心越来越少，而指望制造一个吸引眼球的新热点去覆盖一个负面消息，对老谢他们来说简直就像买彩票。老谢慢慢变得有点儿佛系，工作思路和方式都有了些莫名其妙的改变。相比对外公关他更关心企业内部文化，他在年会上跟员工大谈“情怀”二字，年度工作计划的第一项就是要在公司成立读书小组，定期举办读书分享会。据说老谢在公司某一次中层会上，陈述举办这种形式陈旧的活动的必要性，他打破了历来的报告流程，以沉重至痛心的语气说，整个公司里的人，都不像人，一点儿人的味道都没有。传出来的话说，老谢讲完，整个会场沉默了三分钟，就像集体进行了一次默哀。孙芊蔚认为这传闻有夸大的成分，但场面尴尬可以想见。最终的结果是公司随老谢去折腾，反正这类看不见收益的活动，零成本，只会为老谢的年终总结报告写上一笔。暗地里他们认为老谢对公司发展提不出有建设性的意见。

一个月当中有一个晚上，老谢让下属把咖啡室布置成沙龙，由各部门派职员轮流参加，在临时充电挂上墙的几盏温柔壁灯下，分享指定读物的读后感。参与者大多是资历较浅可差遣的年轻人，他们通常是坐在灯下，照着一张 A4 纸念，听上去内容专业得可疑，很多是从豆瓣或者知网上复制粘贴下来的文稿。孙芊蔚是读书会的组织者，负责在老谢主持的交流环节给大家递话筒，同时在多次冷场的时候运用她的机智保持活动的流畅。不过，需要孙芊蔚递话筒的机会渐渐少下来，老谢拿着话筒一直讲到了散会。

读书会办了六期下来，孙芊蔚感到有点儿难以为继，她甚至担心随着一些女职员带着家里没人照看的小孩儿过来，读书会有可能会变成亲子教育中心。多亏了《了不起的盖茨比》。

春节前夕的一个寒夜，老谢让孙芊蔚从拜访 VIP 客户的新年礼物里，扣下了一些多余的巧克力，用漂亮的包装纸将它们包得像一本本书，他打算给参与者一些“物质营养”。不知道是巧克力还是盖茨比的缘故，发言的年轻人比前几次都活跃。老谢很满意，孙芊蔚读出了他那种微笑里竟然有着父辈的宽容甚至宠溺的成分。几个分享者照着 A4 纸念出了与故事主题相近的观点，与前几次不同的是，他们用自己的话总结出诸如“女主黛西是个‘渣女’”“盖茨比是美国中产阶级的牺牲品”之类的结论。在孙芊蔚给老谢续咖啡的那会儿，老谢轻声对她说：“看来选书很关键。”他庆幸遇到了《了不起的盖茨比》。

气氛的转变从一个新职员的发言开始。这个西服袖口露出一截白衬衫的年轻人，有着那种不放过任何场合表现自己的欲望，语气跟语速一样冲。他抛出了“《了不起的盖茨比》反映了人性最真实的一面，不应该特指美国或者哪一个国家的人。批判这种真实性的人，都很虚伪”的观点。他滔滔不绝地维护黛西，认为人爱慕虚荣没有什么不对，虚荣是人成功的最大动力，也赞赏盖茨比那种拼命发财之后再将心爱的人夺回来的行为。总而言之，盖茨比和黛西，就是霸道总裁和灰姑娘的故事，是今天所有年轻人的梦想。至于结局，那是因为盖茨比太讲情义，遇人不淑，被坑了。他那种一本正经地自黑的语调，引起了众人几次哄笑，在他讲完“他们完全可以有另外一个结局，女有意，郎有钱，从此过上幸福的生活”这句话之后，还出现了几阵零星的鼓掌声。这情形应该算是读书会成立以来的一次高潮了。接着这个新职员带出来的话题，有人开始抢话筒，其中一个大概处于刚失恋的状态，他拿话筒的姿势像正在喝一瓶百威啤酒，他哭丧着脸说很羡慕盖茨比，被女朋友甩了之后，他没有能力成为霸道总裁，他做梦都想在她家边上盖一所豪宅示威。气氛热烈起来，没抢到话筒的也开始相互议论。一些根本没看过这本书的人，从盖茨比顺利转移到了他们关心的恋爱、买房这样的现实话题上。就在某一个抢话筒的间隙，大家听到有人猛地一拍桌子，又一拍桌子。老谢接连拍了好几下桌子，震落了搁在杯子边的小勺。大家看到他掏出一根香烟，第一次在读书会上打破了室内禁止吸烟的纪律。打火机的火苗跳动了好几下，孙芊蔚在老谢接过话筒时印证了那种颤抖。

有一小段时间，老谢成为公司的热议话题。年轻人说："PR 的那个老谢真能装，明明自己中产了才来跟人谈铜臭味的危害。"与老谢共事多年的老友则纷纷为他的职位担心："拿着厚厚的俸禄还到处散布美国梦终究破碎的原因——'美国佬总是以为钱能买下一切'。"

在那次取消丽江之行后的十多年间，孙芊蔚去过很多个古城，凤凰、平遥、徽州以及与丽江相邻的香格里拉独克宗，还到过其他国家类似的古镇、古堡，奇怪的是，无论公干还是私游，她与丽江都没有机缘，这样反而使得那次取消行程的前因后果总是会跟着丽江这个地名完整地蹦到她的脑子里。来丽江的飞机上，坐在隔壁的那个男人问她是不是第一次来丽江，她又想起了这桩事。她当然不会跟一个陌生人去唠叨那件陈年往事，不过他说他是第二次来丽江，接着又随随便便地说出第一次是跟前女友一起来的时候，她也顺着说了句："我跟前男友差点儿就来了丽江。"天晓得这个前男友已经前到十多年前了。

男人刚落座不久，孙芊蔚就觉得他看着很舒服，模样身高都落在她的审美点上。孙芊蔚目测他三十来岁。如果不是计划生育的年代，她觉得母亲会给她生一个类似这样的弟弟，或者说，如果时光倒退十年，她想要一个这样的男朋友。他说不上帅，脑门偏大，肤色可能时常会被别人误解为过于奶油。聊过一阵之后，她认定他有着与年龄相吻合的稳重的朝气。她总是会被这种类型的男人吸引。他们聊得很愉悦。无形中孙芊蔚暗自调低了年龄，尽量以靠近他年龄的姿态跟他讲话，甚至某些不符合她人生阅历的观点，她也含糊认同。他看起来很放松，仿佛他们已经认识有一段时间了。只有她自己知道，一开始她就不是他称呼中的那个“蔚姐”。

他们坐的刚好是安全门边的两人座位，左右没有第三人打搅。他向乘务员要了两张毯子。盖着毯子抬头看电视的某个瞬间，孙芊蔚竟觉得像是两人在过居家生活。她没有婚姻生活的经验，在认识的人眼中，她结婚的概率慢慢降低只是基于她的年龄，而熟悉的人则认为如果她不改变某种坚固的挑剔，她无论处于哪个年龄段都不太可能结婚。她不是个苛刻的人，相反，她善解人意，因而在与后辈交往中自然能消弭掉一些隔阂。这个刚认识的男人，相谈不久便发出“你哪里像个四十岁的人啊”“你看着好小”这样的赞叹，这类话她听得不少，真真假假她都受用。但在结婚这件事情上，她的固执显得很老土。如果避免用“缘分”这个俗气的词来谈她对婚姻的看法，只能笼统地说那些男性都没能与她的灵魂牵手成功。即使爱得热火朝天的时候，她都会因为发生的某件小事而冷静下来，仿佛落入了一个没法解除的咒语中，最终理性地分手。

孙芊蔚离婚姻最近的那次，便是和打算一起去丽江旅行的那个前男友。在定下关系之前，她带前男友回家乡过年，见过了家长，还要见见她的几个发小好友。唱完夜场卡拉OK后，其中一个人不知从哪里搞到了点儿烟花，他们决定找个僻静处偷偷放烟花。在城乡接合部的一个幽暗小树林边，他们举着烟花筒，朝天空吐出一朵朵张牙舞爪的大丽花。就在这个浪漫的时刻，一束手电筒的光准确地捕捉到了他们，几个巡逻的城管叫喊着从远处跑过来。大家一阵惊吓，商量着要如何应对。在昏暗的夜色中，孙芊蔚注意到她的前男友，悄悄地转过身，朝离他最近的小树丛里隐了进去。就像捉到了恋人出轨，这一幕如此隐秘又如此真切，以至于过去那么多年，她连当时心里那阵羞愧都还没忘。她没有告诉前男友分手的具体原因，在爱与不爱这件事情上，她总是自作主张，不拖泥带水，也尽量降低伤害。在孙芊蔚情窦初开的那个年龄，正是那部日剧《东京爱情故事》流行的年代，她跟许多同龄人一样受到赤名莉香的启蒙，只不过有的人模仿到了莉香的微笑、发型以及服饰搭配，更多一点儿的就是获得女生追求爱情的主动和洒脱，而她得到的却是一种被人认为不可救药的古怪——仿佛爱情是她自己一个人的事，相比分享美好，她更擅长独自消化伤害。结束一段爱情，她总能让自己面带着莉香式的微笑，掩饰着，转身，消失于斑马线对面的人群。她没再跟那个前男友见过，倒是前不久被拉进一个同学群里，她看到了他的头像，跟很多中年人一样，发福，双手交叉搭在肚皮上，痴笑着靠在栏杆前，身后是云雾缭绕的群山。她没跟他打招呼。他也不太在群里讲话。有好些次，她看到他在群里抢某个人丢出来的红包，抢完，总会发出一个“谢谢老板”的职员鞠躬动图。她默默退出了群。

飞机落地那阵激烈的震动还没完全消失，他就迫不及待打开手机要加她的微信。

“程木易。我是实名。”

“我也是。”她手指一点，把他放了进来，在朋友权限选择那两栏，她的手指犹豫了几秒。她为他开放了自己的生活圈。她不认为跟他会发生些什么，只是觉得他不会在日益了解她之后对她失望。她不介意他了解自己。

“我会在古城住两晚，再去泸沽湖转转。”

“是想去泸沽湖走婚吧？那边可是母系氏族哦，当心被摩梭美女熬成药渣……”分别前，他们已经可以随意开这样的玩笑。

“哈，我最适应母系氏族啦。”

“这两天找个小酒馆，约？”他挨近她，认真地看着她。

“好啊。”她的脸莫名涌上了一股热潮，不过还没忘记大大方方地微笑，是那种她自以为的莉香式微笑。

除了吃饭集体行动之外，他们的团队在古城没有指定活动内容，可以自由组合逛逛四方街和嵌雪楼，或者在小酒馆坐坐，聊聊八卦，也可以申请为了寻找劳而不获的艳遇而独自行动。他们自然把老谢和孙芊蔚划分在了一起，笑话老同志作息应该会合拍。孙芊蔚倒是觉得古城的作息跟那些年轻人很合拍，晚睡晚起。

在客栈简单吃过一碗米线之后，孙芊蔚出门去附近转转。快九点了，街上还没几个人，凌晨时分还花样百出的小货铺、小酒吧现在都没了动静，大水车在高处独自转动。热闹的鲜花和密集的盆栽，原地等待，眼睁睁看着太阳从自己身上没收掉夜间得到的小费——露水，挂在花瓣上是耳环，围在胖嘟嘟的多肉上是项链。好在，这些稍纵即逝的馈赠被孙芊蔚用手机拍了下来。很快，在她朋友圈的九宫图下方，前后脚出现了两个名字，老谢和程木易。她的脑子里立即浮现出那个男人。她现在已经可以清清楚楚地想起他的样子了，甚至比飞机上见到的还彻底。昨晚临睡前，她花了不少时间，悄悄翻着他的朋友圈、他的照片、他的美食、他路过的地方……她屏住呼吸，手指轻轻地，好像徘徊在他的家门口，生怕一不小心发出了声响留下了脚印。她还记得他身边那个女人的样子，她多次将那张合影放大到模糊，俗气地认定她的相貌其实配他是不足的。

她漫无目的，走进一条小巷，里边的建筑风格跟主街无异，只是客舍、小饭馆挨得更紧，翘在空中的屋檐与屋檐像是刚刚互诉完心事，只剩相对无言。孙芊蔚忽然想到，在这么多间客舍里，他下榻在哪一家？此刻，他跟她一样已经起床到处闲逛，还是像其他同龄人一样依旧窝在被子里刷手机？这么想着，她心里竟然有点儿慌张，生怕在某家客栈门口遇到他刚好出来。她不应该让他看到她现在这个样子，至少，她应该穿着那件嫩绿的帽衫。她匆匆转身回去，速度快了许多，凹凸不平的石板路使她看起来走得有点儿仓皇。

快走到大石桥，孙芊蔚远远认出了老谢。他站在桥中央，忽而低头去看水，忽而抬头望望远处，好像天上刚落了些什么东西到水里。孙芊蔚觉得那样子还蛮有意境的，她想到了“文艺”这个词，用手机将他跟大石桥一起拍了下来。

“听说玉龙雪山的倒影会落在这水面上。”老谢指着一个方向对她说。

孙芊蔚也站到了桥中央，望望天边又望望水面。水面除了岸边花树的倒影，什么也没有。她盯着老谢指的那个方向，在一大群浓浓的云朵背后，似乎隐藏着一个比云朵更白更亮的轮廓。如果这轮廓就是玉龙雪山的话，那么等到这些云游过去，应该就能看到了吧。他们一起站了一会儿。这时已经过九点了，渐渐有游人来往，古城醒过来，店铺陆续开门，放出了急不可耐的小狗，在石板路上嗒嗒嗒嗒跑，发出撒娇的欢叫声。

孙芊蔚不确定是不是要站在这里等那一大片云过去。

老谢说，去木府转转吧，丽江紫禁城。孙芊蔚无所谓，横竖她在丽江去哪里都是第一次。

老谢兴致很浓，一路上就跟孙芊蔚讲木老爷，说这个木老爷聪明，一方诸侯，懂得审时度势，建府邸不设城门，不去犯这个忌。“你猜，明里他对人怎么解释这个做法？”孙芊蔚问题不过脑，反问他：“怎么解释？”

“木府，要有个城门，那不就成‘困’了？他妈的，绝。我们做PR的，哪儿有人家这机灵劲儿？”老谢不由自主嘿嘿笑起来，被一口痰呛着了，咳嗽好一会儿。

孙芊蔚一时无语，她认为老谢自从被“贬”到三线城市，就开始各种自我否定，逃避现实，佩服起这种不知真假的野史。又想到此行回去后，他们多年拍档就要散伙了，孙芊蔚有点儿唏嘘。

没想到来木府的人这么多。老谢请了个女导游，穿着纳西族服装，红色大褂，背上围着那种古城小店里随处可见的“披星戴月”羊皮坎肩，脚上却穿着这一季很流行的匡威小白鞋，感觉有点儿“跳戏”。她和老谢就跟着这双“小白鞋”，踏入了朱红色的木府大门。

孙芊蔚一向对导游的解说词不感兴趣，她喜欢自己转悠，乱看，在边边角角能发现一些有趣的东西。很快，有一拨拨游客围过来，蹭老谢的导游听，老谢只好紧紧跟着“小白鞋”。

孙芊蔚嫌人多，故意落在人群后边。趁那株盛放得有点儿吓人的桃花树下没人，她拿出手机取景，眼睛一眨，屏幕里冒出了个人，那个人好像是从她手机微信里掉下来的。

“我就知道，我们肯定会遇到。”程木易咧着嘴，高高举起两只手，似乎早料到她必经这棵桃树，已经等待多时。

“咳，古城小嘛。”孙芊蔚故作淡定，脑子里却荒唐地出现那件绿色帽衫，还摊在行李箱里的最表层。她感到有点儿懊恼。

他们站在桃树下说话。桃花浓艳，跟他身上那件洁白的 T 恤是很称的。看清那 T 恤的正中央印着一行字：“我们把你们想得太好了”，她笑了。昨天，他们在飞机上，关闭手机前，最后刷屏看到一条即时新闻：外交部部长在阿拉斯加霸气怒怼美国高层官员——“我们把你们想得太好了”。正是这句全民关注的话，使她和他跳过了陌生人试探性的开场白，打开了交谈的护栏，就像在某个酒馆共同看一场世界杯球赛，陌生人会因进球而忘情拥抱。

“九十九块一件，这里小店到处都在卖。”程木易用手拍拍胸前那行字。

经他一提醒，孙芊蔚才注意到，在他们身边的游客当中，果然有好些人都穿着这种 T 恤，白 T 恤配黑字，黑 T 恤配白字，男女同款，就像突然拥进来一个规模庞大的旅行团。“动作真快，古城还蛮现代化呀。”

透过人群，孙芊蔚看到老谢跟在那个“小白鞋”旁边，往后面的狮子山去了。她想爬狮子山，听说上面可以看到玉龙雪山。她跟上了队伍。他跟着她。他们就这样走在最末，慢慢上山。

“你总是一个人出来玩呀？”

“嗯嗯，隔一段时间，我要出来透气。”

“透气？”孙芊蔚意味深长地看他一眼，坏笑。在丽江，“透气”这两个字几乎可以用“艳遇”来替换。

他从她的表情里猜到了，有点儿尴尬：“不是你想的那样，就是，暂时逃离一下。”

“老婆放心你呀？”孙芊蔚记起他朋友圈那张照片，那个普通得没有任何气质可言的女人。

“我老婆是那种很强势的人，认为我什么都不敢做，嘻嘻，不过，我是有底线的啦，呃，总之，不会太离谱。”他朝她调皮地眨眨眼，好像跟她能产生一些默契似的。基于这种他所认为的默契，他又讲了些关于自己家庭的事。他跟老婆是相亲成功的，结婚三年，今年老婆准备要小孩儿。

孙芊蔚其实不太愿意听到这些，她只愿意他是那个在飞机上一起盖着毯子看电视的男人。主要是，听到他说家里大小事都是老婆说了算的时候，她居然有点儿失落。后来，他长叹一口气又说：“不过我已经满足啦，她们家在郊区有拆迁房，置换市内两套，给了我们一套。她是独生女。这样，等于我比同龄人少奋斗几十年哈。”

的确，她从他身上不太能看到在“奋斗”或者“奋斗”过的痕迹。放松，随性，不务正业的涉猎，好像脚底踩着一块西瓜皮，滑到哪里算哪里。她不就是被他这些所吸引的吗？

“出来透气，有意思吗？”孙芊蔚故意将“透气”两个字说得很重。

“说不上，就是想能遇到一些有趣的人，比如像你这样的啊。”他笑着，忽地抬起手，伸过来，似乎是想摸摸她的头。

出于本能，她生硬地闪开，随即担心自己反应过大会不会伤害到他。这一刻，孙芊蔚特别想做点儿什么，哪怕像老谢那样，傻傻地顺着“小白鞋”的手指东张西望。这样可以阻止心里那阵隐秘的悸动奔跑进两人的沉默当中。可是，“小白鞋”已经领着老谢他们消失在山体的拐弯处。

他的手再次伸过来了，平摊在她眼前，是一只银色的无线耳机。

“我是想请你听首歌。”

“哦，哦，谢谢，好的，好的。”孙芊蔚有点儿语无伦次，幸好，耳朵里突如其来响起那一阵熟悉的过门儿，使她的情绪不顾一切，完全集合为一种——那是每次听到这首歌都会不期而至的感伤。

跟她一样，他研究过她的微信。几个月前，她转了这首歌：“音乐响起就泪奔，小田和正七十二岁了，声音还如此清澈，像极了我们逝去的青春和爱情。”他竟很有耐心，从她一日日更新覆盖掉的生活底部找回了这首歌。

《突如其来的爱情》，莉香的微笑如在目前。1995年，坐在大学宿舍的集体电视机房看《东京爱情故事》，她们不懂一句日语，主题歌响起，她们饱含深情，咿咿呀呀跟着哼。奇怪的是，此后很多年里，这首歌曲总是在某些时刻会从她心里出现，譬如踩着点上班去追那趟正在发动的公交车，鼓足勇气去找上司提出一些意见，在某次竞争上岗演说之前，某次应酬独自返家的夜路上……那段副歌的高潮部分到来，如同战歌。妈的，二十多年后，她竟然成了这个样子——宽大舒适的灰外套罩着一个松弛、随遇而安的中年妇女。妈的，1995年，他应该还没开始发育吧。

在歌声中，她的泪水就要夺眶而出了。她只好深吸一口气，假装欣赏前面的风光。

另一只耳机塞在他的左耳，但他什么都不懂。没准儿看到她这副样子，以为她是个有故事的人呢。她没有故事，生活就像现在这样，偶然撞见这首歌，突如其来，又必然地消失在日复更新的微信朋友圈里。

孙芊蔚机械地抬起腿，迈过一级级石阶。转过一个弯，豁然开朗。上山的游客现在全都集合在观景台。顺着大家目光的方向，她找到了雪山。因为角度问题，在这里只能看到与云团相连的那一点儿雪山尖，但还是能辨认出来，云团混沌，藕断丝连；雪山清亮，棱角分明。不过还是与预期的不同，她以为能望见画册中那座巍峨冰川。她看见了老谢，站到观景台的最边上，跟大家一样，抬头看着雪山，手掌却一直拍打着栏杆。她听不到他说了些什么。

那首歌一直在孙芊蔚的右边耳朵里播放，单曲循环。几遍后，刚才那阵浓烈的感伤消停下来，望见雪山的激情也逐渐消退。老谢找到她。他们一起下山。她没跟老谢说起程木易，那只小小的耳机不为人知地被她垂下的头发掩盖起来。他就像过往游客中的一个，默默跟在他们身后。有时候，耳朵里的歌声断了，她悄悄回头去看，他在某段狭窄的山路被人群隔远了。近了，歌声又响起。

蓝牙的接收范围，十米。他不断克服拥挤的人群，努力保持孙芊蔚耳朵里那首歌完整，一遍又一遍。

晚上，团队在一个木楼饭馆聚餐，二楼包厢。老谢姗姗来迟，大家都快把餐前凉菜全吃光了，才见他拎着一个大黑塑料袋推门进来。他先不落座，将塑料袋打开，顺时针走过去。于是每人手上都得到了一份礼物。老谢说是给大家丽江行留个纪念。年纪最轻的小赵挨着门边坐，他第一个拿到礼物，拆开看，是件 T 恤衫，抖开在自己身上比画，孙芊蔚就看到了那行黑字：“我们把你们想得太好了”。再仔细去看老谢，他穿一件崭新的白 T 恤，袖口的褶痕还没完全展开，那行字印在左前胸，比程木易胸前那行稍微偏向心脏位置。

老谢反复强调 T 恤是个人出钱，与公司无关。按人头发完，坐到孙芊蔚旁边的空位上，顺手将最后一件黑的递给她。

团队里一贯机灵的小赞，展开手上的 T 恤，站起来，脑袋往领口一钻。他太瘦了，T 恤里可以装进两个他，看起来很有喜剧效果。大家看着他，嘲笑一通。他索性开始表演，围着桌子夸张地走几步，忽然，朝门口的方向一望，像见到了鬼一样，“Oh,Mr. Darcy, Mr. Darcy.（哦，达西先生，达西先生。）”他对着木门点头哈腰。说完，又迅速挪到门口的位置，换了 Mr. Darcy（达西先生）的语气：“You are fired! Get the heck out of my office!（你被解雇了！滚出我的办公室！）”靠门边的小赵惊叫几声，配合了他的表演。有段时间，不知道谁做了他们大老板 Mr. Darcy 的表情包，这句话在公司流传很广。老谢用手指着他，哭笑不得。“Oh,no,you can't do anything to me,Mr. Darcy,give me a chance,please,please.（哦不，你不能这样对我。达西先生，给我个机会吧，求你了，求你了。）”小赞求饶的表情滑稽，加上他天生八字眉，皱起来真像个倒霉蛋。大家被这个倒霉蛋的形象逗笑。受到笑声的鼓励，小赞身板一挺，瘦长的脖子从空荡荡的 T 恤里抻直，指着门口那个看不见的 Mr. Darcy，抑扬顿挫，中气十足，说出印在衣服上的字：“I think we thought too well of you.

（我们把你们想得太好了。）”

小赞用做作的英语念出这句话的时候，笑声收敛了，好像那个看不见的 Mr. Darcy 真的推开了包厢的门。

“这小兔崽子。”老谢站起来，指着他笑笑，“来，白切一杯，祝贺演出成功！”

孙芊蔚喝的是啤酒，名叫“风花雪月”，跟这两天他们在古城必点的一种叫“水性杨花”的蔬菜很配。

他们订的是全菌宴。每一道菜里都有菌，每一种菌都不重复。牛肝菌、鸡枞菌、羊肚菌、扫把菌……他们认不出几种，每上一道都要问服务员，转盘一转，又忘记了哪盘是什么菌，七嘴八舌讨论一番。于是老谢给大家讲个吃菌的故事。说是多年前有个朋友，吃货，吃遍了常见的食材，就去各地搜罗珍馐。有一次去了大理，当地一个朋友跟他有同好，带他去吃一种菌。这种菌长得很魔幻，菌盖肥厚，布满白色凸点，像苍穹上的星，入口，有一股说不出的腥鲜，长久挂在口腔内，辣酒都冲刮不掉。吃下半小时后，人先是涕泪肆意，继而异常亢奋，眼见一只只小人儿从桌子上骨碌碌滚落地，围着自己跳舞，而自己却变得巨大无比，头顶着苍穹，天灵盖上能感觉有星星擦过，凉飕飕。老谢讲得真真的，如同是他本人亲历。座中鸦雀无声，不知在怀疑还是吃惊。老谢讲完，小赞赶紧说：“百度一下，百度一下。”大家才回过神来理性分析，认为应该是一种毒菌，致幻。

孙芊蔚在老谢讲故事的时候开始坐立不安。吃饭途中她接到一条微信："我在小巴黎酒馆，你来不？"他已不再称呼她"蔚姐"，是坐在"我"对面的"你"，一切关系开端的"我"与"你"。接着他又发了个定位过来。虽是意料之中，孙芊蔚依然忐忑。她打开那个定位图，酒吧街，在她的西北方向。从图上看，他坐着的那张吧凳与她此刻屁股下的凳子，相距不到五厘米。她觉得凳子的四只脚已经稳不住自己了。她站起来揉了几下腰椎，故作久坐腰酸的样子，扭扭脖子，就像在办公室做的习惯动作。接着她顺势走到窗前，仿佛第一次发现那上边居然摆着那么多怒放的鲜花。她在窗口延宕了一会儿，透过花丛看出去，古城像是在过着某个节日，游人熙攘热情，灯光浓妆艳抹，天上明月催人……她望不见酒吧街。坐下来，他们还在议论老谢讲的那些小人儿，她一句都听不进去。过会儿，她又起身去卫生间。在镜子里，她看见了自己，嫩绿的帽衫显得她年轻了些，"风花雪月"使她的脸红扑扑的。她从口袋里掏出口红，给嘴唇补了点儿颜色。她盯着自己看，认为完全可以从卫生间直接溜出去，小巴黎酒馆，"嘿，喝到第几瓶了？"她连第一句话都想好了。就在对着镜子表演的时候，她看到了额头上那根白发。它居然又在那儿了！早些时，它就像跟她玩游戏般，先是潜伏在黑发中，被她找见，她把它拔掉了，过一段时间，它又长出来，小旗杆般竖在头顶，反而特别显眼，她又用手去拔，但是太短了，手指根本没法使力，她只好用剪刀剪掉。春风吹又生，它是什么时候又悄悄发芽的？她不得不花点儿时间专心对付这根理直气壮的白发。对着镜子，她数次用手指拈起它，可是一用力，它就从指缝里溜掉了。最后一次，她用指甲尖夹住了它，使劲一捋。它立即柔软了下来，卷曲，钨丝一般，垂挂在她的额前，是她头发当中的一根变异，在灯光下特别耀眼。这卷曲的战栗，将会成为她与一根白头发“奋斗”过的证据，暴露在他的眼皮底下，将会被识破她的努力。她认为这是不该为他所知的，连同她一开始对那件绿色帽衫的焦虑。

重新坐回到凳子上。他们的话题没变，还在讲那种魔幻的毒菌。小赞问她：“蔚姐，你有没有产生过幻觉？”孙芊蔚咕嘟喝下一大口酒，不置可否。如果此刻真的有一只只小人儿从饭桌上跑下来，她一定会命令他们，立即动身，去酒吧街，去小巴黎酒馆，看看那个等待的男人现在还在不在。她会隔一分钟命令一只小人儿出发。

1995 年的那个电视机房里，她们一边掉眼泪一边大骂。永尾完治因为关口里美的到来，眼睁睁看着约定的时间一分一秒过去，而那个可爱的赤名莉香在寒风中等到了深夜。这是她们第一次感到爱情的意难平。这画面刻骨铭心，以致孙芊蔚在现实中，遇到这类纠结、软弱的男人，掉头就走。现在，孙芊蔚始知等待有两个部分——等待时间到来和等待时间过去，不能说谁更好受一些。

大概是酒的缘故，孙芊蔚根本没有睡意。借着清醒的酒劲儿，她改变了他的权限，轻轻松松地。从此，他看不到她，他点开她的朋友圈，将会看到一条淡淡的灰线，她沉潜在这条灰线以下，在他看不到的时空，每一天，她跟过去一样，更新、等待，更多内容是在做着他所认为的那种“奋斗”。

做完这一切，她披了件外衣出门。草丛边的路灯，照见那匹匍匐的木马，夜色掩盖了它身上的沧桑，姿态的确是有点儿萌的。转了一圈儿后，她站到院子中央。古城灯光褪去，夜空繁星毕现。她有多久没看到过这么清晰的夜空了？越看，星越密。在正北方向，一颗最明亮的星吸引了她，在这颗星导引下，她竟然幸运地串联出了那只大勺子。如此坚定的七颗，如此坚定的距离。她像发现了新大陆，差点儿叫出了声。很快，她的耳朵像被谁塞进了一只耳机，没有任何前奏，突如其来，直接是那段高亢的副歌。仿佛一只无形的手，摁响了天上那七颗音符，忽明忽暗，又远又近。此刻，蓝牙的接收范围是——无限。

跑　风

年三十夜饭散席后，高富春喝大了，坐在冰凉的晒谷坪上，开始骂："高茉莉，你个神经病，为了一只畜生，年夜饭不吃你回来干啥啊……"

老大发酒疯是保留节目，就好像在东莞厂子里积攒了一年的怨气，窝成一泡稀，拉在光秃秃的晒谷坪。这种时候，谁都不会当回事，照旧把饭桌清理好，稀里哗啦推麻将，即使他坐在天空下号哭起来，都没有人去拉他一下。疯过了，酒醒了，他拍拍屁股坐到桌边，指挥人家怎么抱着钻跑风，嗓门比哭的声音还粗。

直到高富杰在屋里喊："大哥，老娘跑风。"

高富春从地上弹起来："老娘，跑三圈儿，整死他们。"他边跑边哇哇叫，像被一串鞭炮驱赶的那只年鬼。

高富春刚挨近桌子，老娘一推牌："家家五十。"

"糟掉了糟掉了，跑三圈儿，家家一百五……"看见高富春肉痛的样子，桌上的人笑得更开心，好像家家都赢钱了似的。

往后备厢塞满在超市买好的年货，玛丽才有一点儿过年回家的兴奋。雪儿待在猫包里，隔着黑纱盯着她，她从满满当当的袋子里，找出一只罐头，朝雪儿晃了晃："知道了知道了，妈咪没忘你的罐罐。"雪儿始终歪着脑袋，它的智商多数来自习惯，对于这只猫包，它只习惯去宠物医院打针或美容。

四五个小时的旅途，雪儿大概被吓傻了，不吃不喝不拉不撒。玛丽每一句自言自语，对象都是它，跟在家的时候一样，但一路上玛丽没听到它应答一声。

这是玛丽带雪儿第一次出远门。她在那个萌宠公众号，花七十九元咨询在线医生，关于一岁四个月的布偶猫出远门的各种注意事项。"宠物猫是家庭性动物，出门会使它严重缺乏安全感，造成烦躁不安，必要的时候，可以喂食少剂量安眠药。"在线医生职业地称她"雪儿家长"。她带了一粒安眠药，不过，似乎用不上。

在服务站，玛丽停车，试图把雪儿抱出猫包，放放风。它拼命挣扎，世界这么大，它只想占住这个小地盘，窝在里边，一声不吭。玛丽找个空旷处，做几个伸展运动。高速路上没几辆车开过，一眼能看到路尽头洁白的云朵，就像雪儿蹲在那地方。服务站的垃圾一片狼藉，可以想见前两天的拥堵。玛丽朋友圈里各种直播，平时三小时的路程，昨天足足开了十三个小时。要是堵在路上十多个小时，雪儿说不定会被憋死。她跟老娘说，今年不赶年夜饭了，初一一早回。老娘丝毫不能理解，最远的儿子都已经从广东回来，高铁上站一程坐一程。玛丽离得最近，年夜饭竟赶不上。但老娘也不敢多问。四个小孩儿中，三个都在工厂打工，只有玛丽穿着高跟鞋坐办公室，走路“嘚嘚笃笃”有威有势。

车子碾着铺满鞭炮屑的山路，一颠一颠停到了晒谷坪上。

高富春耳朵比谁都尖，从西厢房跑出来，待后备厢一翘起，他就忙着把东西一趟一趟搬到屋里。

玛丽下车只做一件事，抱着猫包，跟屋里走出来的人打招呼。

“我的个乖乖，像抱小伢。”姐姐高迎春穿一件嫩粉色羽绒服，肯定是她女儿淘汰过来的，脑袋快被帽子一圈儿夸张的人造毛淹没。老娘应该是在准备祭祖的猪头肉，厚棉袄外罩件油渍渍的围裙，双手油腻，她凑近猫包去看，里面黑乎乎，只看到一团白影。如果这会儿老娘要伸手进去，估计雪儿会张大嘴巴，发出嗞嗞的威胁，一旦猫包被打开，它就会惊慌出逃，挣脱所有人，像风一样，跑得无影无踪。在线医生说，猫咪到了陌生环境，必须跟家长在密闭的空间待一段时间，慢慢适应后，才能独处。

玛丽抱着雪儿直接上二楼自己的房间。带来的猫砂盆、食盆、猫窝，一应摆好，把所有门窗锁得牢牢。单独相处了一会儿，雪儿的好奇心才恢复过来，身子压得低低的，开始用鼻子东嗅嗅西嗅嗅，在房间小心翼翼地“探险”。它对墙角那只褐色的酸菜坛子很感兴趣，嗅半天，嘴巴半张，狐疑一下，将这些新奇的气味通过上颚收进犁鼻器，继而传递到大脑里，进行辨别和保留。玛丽查过百度，了解猫的“裂唇嗅反应”全过程。买了雪儿之后，玛丽认真学习了很多育猫知识。

待了半个多小时，玛丽才下楼。厅堂里早已坐满了人。她警告那几个吮着棒棒糖的小屁孩儿：“不许开我房门啊，听到没有。”她的手朝天花板上指了指。屋里人不约而同朝天花板上望一眼，好像楼上住了个不能打搅的神经病亲戚。

这些人多半是过来看猫，算起来都是七拐八拐的亲戚，玛丽不好意思拒绝，分批带他们进房间。看到陌生人，雪儿又缩回那只黑乎乎的猫包，只有玛丽把它抱在怀里，人们才能看到它。他们都恭维玛丽，说从没见过这么漂亮的猫，两只眼睛像湖里面的水。来看的人越来越多，高富春开玩笑嚷着要收他们的门票。

其中有个堂嫂，在南京给人上门做钟点工，一眼就认出了雪儿：“我的个乖乖，是布偶猫。”她每周四下午给那家搞卫生，有只一模一样的，说是布偶猫。毛比人的手指还长，还没入伏，就给它在卧室开冷气。这是她最难搞的一家卫生，所有地方得先用吸尘器吸上一遍，再用湿拖把拖。主人强调每个角落都要擦干净，因为那只胖猫专挑角落旮旯睡觉。好几次，那个不用上班的女人指着阳台上挂得高高的热水器说，要重点擦这顶上，肉松这段时间特别喜欢跳到上边睡觉。害得堂嫂的恐高症发作。

堂嫂不断抱怨着那家。玛丽的弟弟高富杰听不得唠叨，从椅子上一蹦老高，龇牙咧嘴地打断她："要是我，就把它的毛一把烧掉。"其他人也跟着起哄："皮一剥，老酒辣椒青大蒜，红烧老猫。"

"烧掉？你赔得起？一万多哩。"堂嫂话一出，所有人都静下来了。高富杰转头问玛丽："高茉莉，你这猫一万多？"他一根食指伸向天花板，半天都没放下来。

玛丽眨着眼睛，蹦出两个字："乱讲。"公司里坐在她对面的特蕾莎，划拉着雪儿的照片问："这种母的布偶要多少钱呀？"玛丽毫不犹豫告诉她一万八。现在，这些人一只只眼睛盯着她，她死都不敢承认。姐夫在山里收购蜂蜜，亏本欠下一万二的债，玛丽没借钱给高迎春。高富春想跟人合股做茶油生意，借三万本钱，玛丽也没借。玛丽上班领薪水之后，老爹曾在某一次年夜饭桌上，以一家之主的身份立下过规矩："除非救命，一律不能向玛丽伸手。"十来年，玛丽借出去的钱没救过谁，零零星星地给了出去，给了出去就没指望能要回来，只是赢得了他们对她的宽容，比如说回家从不进厨房烧锅，饭后从不刷碗，家族炮旗日吃饭的时候，她是允许上桌同吃的唯一女性，甚至，为了一只猫缺席年夜饭——高富春发酒疯对着天空骂她的话，玛丽回到家并没有再听到半个字。

很快，他们从猫讲到了钱，搞钱越来越难。人堆里最显眼的那个堂妹，搽着厚厚的粉，粘着长长的假睫毛，因为裙子太短的缘故，一刻都不愿离开火桶——只有她没上楼看猫。堂妹代替雪儿成了话题的中心。她才去杭州两年多，就能挣到一辆车子，弄得高富杰几个心痒痒的。他们围着堂妹问来问去。电话里卖卖保健品就能搞到钱？

闲扯到下午四点，高家出发祭祖的时辰就到了，屋里的人陆陆续续散去。这时，玛丽才见到老爹。跟每一年回来所见的形象一样，穿着那件“万年防水棉服”，棉服的几个兜永远鼓鼓囊囊，好像他把重要的家当都背在身上，随时可以到处去——菜园、鱼塘以及后山那片杉树林，让人怀疑他在这些地方似乎还有一个家。老爹手上拎着一只湿漉漉的鱼篓子，大概是从鱼塘回来。玛丽觉得，老爹越来越像爷爷了。

高富春和高富杰熟练地拿上母亲备在门背后的几个篮子。晒谷坪外，已经等着大伯、小叔那几家的男丁。一行男人往后山走去。玛丽忽然想起什么，小跑几步跟上老爹，从羽绒服的口袋里掏出两包烟，让他捎给爷爷。黄鹤楼1916，她公司的老板只抽这种，她在公司楼下烟店买的。

屋里只剩下了高迎春和老娘。玛丽脱了皮靴，将脚伸到火桶里的隔板上，底下的炭是老娘刚加进去的，热度适中，就像冬天把脚放到雪儿肚子上。

其实玛丽特别想跟他们去看爷爷。但上山祭祖的规矩，绝不能为玛丽打破。女人要是上了坟山，带去阴气，祖宗便没法好好保佑后代。事关命运的纪律，哪一辈也不敢乱来。

没几句，老娘又提到结婚生伢的事情。玛丽三十六岁，要是在农村，儿子都准备出门打工了。

高迎春认为玛丽养猫，是因为想结婚当娘了。“养猫不如养伢。”她女儿在横店卖奶茶，儿子高中读不下去了，准备春节后跟高富春到东莞打工，年前她特意到县城超市给他买了新鞋子。

玛丽低着头，有一搭没一搭地应。她们看看玛丽的脸色，也不敢跟她讲重话。

身子一暖，玛丽瞌睡就浓了，靠在椅子上打了个盹，模模糊糊还听到她们讲话的声音，忽然就看到爷爷了。驼背，脸色蜡黄，还穿那件四口袋的灰色中山装，肩上背着箩筐，站在山坡拐弯的地方喊玛丽：“三儿，烟好吃，就是太少喽。”讲完，转过坡去。玛丽一急，醒了。

“离婚是为了躲债，还是住在一起的。”高迎春朝老娘挑了挑眉毛。玛丽瞌睡之前，她们就在讲这个表弟，赌博输了二十来万，债主天天来家里堵，表弟媳索性跟表弟离婚，催债的人一上门，她就拿出离婚证给那些人看，表弟的债表弟自己背，跟她半毛钱关系没有，表弟就算死在家门口，她都不会开个门的。那些人就不再上门了。表弟东躲西藏，隔三岔五敲门回家，过年一家三口也回了娘家。就是离婚不离家的。

“十个穷鬼九个赌，越穷越要赌。”老娘长叹一口气。

“梦到我爷了。”就这么醒来，玛丽很不情愿。

“你爷讲话了？”老娘生怕备的东西少了哪样。

“嗯，我爷说，烟好吃，就是太少了。”

“这个老烟鬼，一箩筐都不够他抽。”老娘一颗心放下来。

她们又聊起了爷爷奶奶，还有村里旧年过世的几个亲戚。

玛丽跟爷爷最亲，爷爷去世的时候，玛丽工作招聘面试，没能回家送。谁都知道，爷爷是最想等她的。最后那几天，瘦得剩一把骨头的爷爷，肝腹水，肚子撑得滚圆，就连一口水都难吞下，还拼命要喝粥，并且要喝那种黏稠的硬粥，三九严寒天，他却吃得衣服湿透，好比三伏天挑一担稻谷。家里人以为他是在攒力气等玛丽。死后给他抹澡，裤子上粘着零星几粒屎。老爹抹着眼泪说：“他是拼老命要给这个家留福。”乡村里有一个讲法，家里老人去世时，留尿是贫，留屎是富。一个月后，玛丽顺利进入了上海这一家外企，成为高家第一个领洋工资的人。老爹说，玛丽的福气，都是爷爷留给她的。大家都这么认为，这样，他们向玛丽借钱的时候，思想负担不至于重，他们在麻将桌上合力赢走玛丽的钱，同样心安理得。

后山上传来一阵集中的鞭炮响。老娘像收到信号，将手上嗑剩的瓜子一把揣进口袋，拍拍手，往厨房去了。高迎春跟在后面。因为玛丽，年初一晚饭才能算是高家真正的年夜饭，高迎春破例初一留在娘家，帮忙张罗。玛丽想着是否要上楼看看雪儿，但火桶实在太舒服了，她的屁股舍不得挪走，就拿起一片芝麻糖，边吃边看微信。

又过一阵，男人们从后山回来了，说说笑笑。玛丽一眼看过去，每人两边耳朵上都夹着烟，金灿灿的烟屁股，黄鹤楼1916。玛丽一阵心酸。如果再坚持几年，她把爷爷接到上海治病，现在他应该还可以坐在火桶上，眯着小眼睛抽黄鹤楼1916，谁都不敢抢。

比昨天晚上多出了好几样菜，酒重新开。高富春眼看又要多了，他大着舌头问玛丽："你那猫真有那么贵？"一桌的人都不响。高迎春左右看看，干笑几声："大哥，你伢贵不贵？你说贵不贵？"高富春酒杯往桌上重重一放："你讲什么鬼话，我伢是畜生？我伢畜生都不如？你讲什么鬼话……"玛丽觉得高富春都要哭出来了。她很想逃跑，跑上二楼去抱雪儿，让它的蓝眼睛温柔地看着自己，就像过去那些日夜一样，在上海的那间出租小屋里，四目相对，相依为命。

老爹碗一推，从凳子上站起来，他那一贯含着痰音的话，仿佛挟着雷声滚过来：“不准喝了。”

饭桌换成麻将桌的时候，高富春酒劲儿轻了些，他第一个坐到东边椅子上，高富杰、高迎春也自觉坐到他两边。对面那个空位置，明摆是留给玛丽的，其他人就趁机散到隔壁家凑牌脚去了。等了一会儿，玛丽还没下楼，高富杰敲着桌子一直喊高茉莉。过年回家打麻将似乎是玛丽的一种义务。不从玛丽身上赢个千把两千，他们会觉得这个年没过好，像去做客酒没喝好一样不爽。

玛丽只好把怀里睡得暖乎乎的雪儿抱回猫包，即将脱手的那一瞬间，手上感觉到一阵刺痛。雪儿软绵绵的肉掌，有意识地伸出了爪子，紧紧地钉进玛丽的掌心。

疏于操练，玛丽的麻将技术不是很好，但也不至于白痴。高富春刚丢出的一个幺鸡，如果她一推，就和了，她懂，但是她饶了他。总之，输钱就是了。

输掉几圈儿之后，老娘端张椅子坐在玛丽旁边指导。高迎春那只九万刚送出来，老娘就喊：“和！”喊出去了，玛丽想不赢都不好意思。

农村里有句老话：“技孬牌旺。”玛丽果然总是能摸到顺牌，一上手就有天地和的迹象。如此，在老娘的监督下，玛丽轻松赢回几番。他们就开始抗议老娘：“嘿嘿，老娘，五人一桌麻将，还真稀得见了。”老娘厚脸皮稳坐军师位，笑着说：“你们合起来欺负妹妹，还不得了了。”高富杰一听就嚷：“高茉莉是我姐！”又朝坐在火桶边抽烟的老爹投诉老娘偏心。老爹原来一直都在那边听牌，心里有数，他不搭腔，只是笑出了一口痰，朝炭火堆里吐去，刺啦一声响。

这几圈儿玛丽觉得挺来劲的。打麻将果然要赢钱才有意思。不过，她不太能理解，老娘为什么要帮助她，在她工作之后，他们习惯了向玛丽寻求帮助——准确地说是资助，他们自然地认为玛丽是不需要帮助的。

第四只发财抓到手上时，玛丽心跳不已。才摸两轮，她就凑齐了四只发财。这一局庄家翻到的钻是发财，现在她手上拿了四只钻，如果她愿意，下一秒就可以和任何一张牌。她看一眼老娘，老娘面不改色，一把从玛丽手上夺过那只发财，紧紧握在手心，像跟谁宣誓般大声喊出两个字：“跑风！”三人被老娘的大嗓门吓了一跳。牌没摸满两轮，就跑风？高富杰探过脑袋来要看牌：“老娘几个钻啊？”他被老娘狠狠地推了回去。

如果跑风者不叫停，在没有一家和牌的情况下，可以一圈儿一圈儿跑下去。赢三家，按圈数算钱。

玛丽跑了三圈儿，分别扔出三筒、二条、八万。他们一个个竟然都接不上，搓着手上刚摸起的那只牌，干着急。跑到第四圈儿的时候，玛丽感到不好意思，当然更怕夜长梦多。

她跟老娘说："和掉算了。"可是老娘死死拽住那只发财，只顾继续喊"跑风"。玛丽从来没看到过老娘那样的表情，倔强，笃定，甚至有着豁出去的大义凛然。那表情，让玛丽觉得她手上握住的不是一只麻将，而是一只自卫反击的武器。

邪门的是，一圈儿一圈儿跑下来，他们几个摸牌又扔牌，居然没人能成功截掉玛丽的和。桌上的气氛有些严肃。玛丽的手心开始出汗，同时暗暗地感到刺激和兴奋。高富春站起来对老娘说："有本事跑个十圈儿看看。"

第六圈儿，玛丽刚摸进一只五万，老娘迅速把那只发财往桌上一敲："和！"就像士兵听到了命令，玛丽顺势将胸前的牌一推，长出一口气。

尘埃落定，他们哇哇叫。高富春不甘心，又顺手摸起一只牌："他妈的，等的就是这只屁眼。"说完，瘫倒在椅子上，手上一只大饼甩落桌上，真是只白底红圈儿的屁眼。

"家家三百。"老娘得意扬扬。高富春他们开始打赖，说牌是老娘打的，不算。高迎春甚至栽赃老娘起先搞小动作，偷偷从桌上换了只红中……各人都不认账。高富杰干脆把火桶边的老爹拉了过来当裁判。老爹没下结论，在身上几个口袋里摸索，大家以为他要代为付钱，谁知最后摸出个手机，说："你们哪里打得过老娘？你们不在家，她天天在这里面打，机器都能打赢。"

于是大家开始讲老娘玩手机看抖音的各种笑话，又讲老爹打麻将当“总支书记”的笑话。麻将就算是结束了，大家围到火桶边坐，嗑瓜子，吃冻米糖，默契地赖掉“家家三百”这笔债。在日后，玛丽的“家家三百”仅仅成为嘴巴上赢去的钱，高家村家家都传遍了。

玛丽把雪儿从楼上抱下来。暴露在那么多人面前，雪儿惊慌得想要挣脱。高迎春急急将前后门窗都闭了，嘴里碎碎念：“我的个乖乖，跑出去，一万多就飞掉了，我的个乖乖。”也怪，雪儿被高迎春一抱，竟然就没有挣扎的意思了。高迎春坐得离火桶最近，一暖和，雪儿连打几个呵欠，喉咙里发出惬意的呼噜呼噜，眼睛迷离，慢慢放松了警惕，睡去。

老爹看着雪儿说：“没见过这么好看的猫。”

他们都过来要摸雪儿身上的毛。真的有手指那么长。高富杰拿自己的手指比过去。

“这猫会抓老鼠？”高富春问玛丽。

玛丽说：“它哪里见到过真老鼠？倒是买过电动老鼠，玩两天就腻了。”

玛丽给他们讲雪儿各种好玩的事。说有一次在屋里抓到只臭屁虫，臭屁虫放了一个屁，把它熏得干呕，很长一段时间见到虫子就逃。

高富杰刮刮雪儿的鼻子，骂它胆小鬼。雪儿就势把脑袋一歪，不明就里，只睁大眼看着高富杰。那无知的呆样，看得大家欢喜。

后来玛丽又讲到雪儿第一次去宠物店洗澡，好不容易洗好，还没擦干，就拉了一泡稀在人家手上。高富春趴到高迎春的膝盖上，拍着雪儿的后脑勺，骂这个矜贵的家伙。雪儿被拍得舒服，在高迎春怀里打滚儿，肚皮朝天。高富春顺手拿根棒棒糖在雪儿眼前晃晃，雪儿用小短手去扑。玩了几个回合，高富春嘻嘻笑："嘿，真像个小伢。"

因为门闭着，谁也没留意，外边开始飘起了细雪。

第二天早上，玛丽还在被窝里，就听到楼下老娘不知道在跟谁说："裤子都站起来了。"昨晚的雪落在忘记收进屋的裤子上，一夜结冰，裤子自己"站"起来了。玛丽脑子里想象着那两根光棍一样的裤子，硬邦邦地站在雪地上。是高富杰的牛仔裤吧？她笑清醒了，伸手在被子上一把摸到了还在睡觉的雪儿。

"雪儿吃鱼不？"老娘指着桶里那几条活蹦乱跳的鱼问玛丽。鱼是清晨老爹到湖里，敲开薄冰，用鱼线钩上来的。她不知道该拿去红烧还是清蒸。村里流窜到灶头的那些猫，她杀鱼时顺手从肚子里掏一把内脏，擤鼻涕一样甩在泥地上，猫边吃边嗷嗷地谢人。

雪儿只吃猫粮和罐头。

老娘从玛丽手上拈起一粒猫粮，放嘴里嚼两下，吐出来。一点儿都没味道。老娘摇摇头，走进厨房，将桶里那几条餐条鱼杀好，放锅里焙干水，喷酒抹盐，用草绳穿好，挂在二楼阳台窗外风干。

那些过来拜年的亲戚，刚踩进晒谷坪，经知情人指导，多半能抬头看到一只雪白的胖猫，蹲在二楼窗台上，仰起头，盯着头顶上那几条鱼。雪儿对这些鱼的热情保持了很久，只看，不吃。玛丽将这个镜头拍下，又将雪儿的蓝眼睛做特写放大，发在朋友圈。特蕾莎在下边留言："妈咪，这是什么鬼？"辛迪更搞笑，留言说："猫被鱼吓蒙了。"

玛丽抱着雪儿在窗边看风景，就像在上海那扇窗前，夜深人静，一起看街上还没打烊的霓虹灯，星星点点。她看过一本宠物护理书，说二十米以外的东西，在猫的眼里只剩下一个模糊的形状。就算这样，雪儿还是乖乖陪她看。

玛丽指给雪儿看西边不远处那座馒头一样的小土山。雪儿在她怀里，安静地看着远方。估计只有小土山动起来，它才能得以准确看到玛丽的所指。可是小土山周围就连一只鸟都没有飞过。她猜，从雪儿的眼睛里看出去，小土山就像团快融化掉的香草味冰激凌球。

玛丽眼睛里的小土山像什么？这么看过去，简直就像拱出地面长出萋草的一座坟。玛丽被自己这个想法吓了一跳。二十多年前，小土山可是她们这些小孩子开心的游乐场啊。海拔不到二百米的小土山，只修出一条上山的小路，但小孩子们进山从不走小路，野路探险，爬爬跌跌，没有路的林子里往往能找到好东西吃，地捻子、红叶李、金钩钓、牛串子……当然，不止这些。这小土山还藏着玛丽和爷爷共同的秘密。初中毕业那个暑假，玛丽没考上县重点高中，老娘说："不读了，攒下钱留给高富杰试试，总之高家从来就没出过读书人。"玛丽哭闹，绝食，离家出走，钻进小土山，躲在一个隐秘的泥洞里，哭到睡过去为止。蒙眬间听到好多人在喊她的名字，看到灯火在林间远远近近。她被吓傻，知道闯祸了，怕钻出去会挨打，没敢应，闭着眼睛躲在里面，心里盼望这座小土山能一下子飞起来，带她飞得远远的，甩掉这些愚蠢的大人。等到人声和灯火逐渐消失，她借着月光走上小路，在出山口的地方，远远看见爷爷提着防风灯走过来。原来爷爷其实已经发现这个躲在泥洞里的小人儿，人散后，再折返回来接她。爷爷对老爹说，是在瓦塘村同学家玩得忘记了时间。

说服了老爹和老娘，依靠爷爷去腾龙山采野灵芝、养蜜蜂之类的帮补学费，玛丽紧巴巴读完了高中和大学。爷爷让玛丽努力学习，别担心钱，他说："腾龙山就是储蓄所，进去就能取到钱。"腾龙山玛丽只去过一次，离高家村三十多里路，人走到山边就已经精疲力竭，不要说爬上山。爷爷背着箩筐消失几天，又在某个傍晚带着一身寒冷的水汽进家门，这印象灰扑扑地充满了玛丽的整个读书时代。现在，再也没有人去腾龙山"取钱"，有力气不外出打工搞钱的人，会被耻笑没用。

盯着小土山看了好一会儿。玛丽想起前几年跟特蕾莎去万达影城，看《哈尔的移动城堡》。一部日本动漫竟然能把她看哭。苏菲眼看亲爱的哈尔受难，驱赶移动城堡去追寻哈尔，却根本不知道哈尔变成了怪鸟，保护在自己周围。玛丽哭得有点儿难为情。特蕾莎说，她小时候看到这里也哭，现在重看倒没那么要紧了。特蕾莎第一次看《哈尔的移动城堡》是十五岁。十五岁，就是玛丽躲在小土山里哭的年龄，她那时什么都不懂，只希望这座小土山能飞起来，帮她脱身。如果不是爷爷的坚持，她可能到现在都不懂这世界上有一座“哈尔的移动城堡”，就像高富春他们一样，到现在都不懂高茉莉在这世界上还有一个名字叫玛丽。

怀里的雪儿一阵骚动，两下挣脱玛丽的手臂，像发现什么猎物，敏捷地蹿向桌子。那面墙上不知从哪里来了一块小光斑，引得雪儿上下乱扑。顺着光斑的来处，玛丽看见隔壁佑生伯家的晒谷坪上，坐着一个女孩儿，正借着阳光反射手机屏幕。她应该是想把光射到雪儿身上的，没控制好，光进屋，雪儿也跟进屋了。

女孩儿是生面孔，被玛丽发现后，羞涩地笑笑，手机收进口袋。玛丽朝她挥挥手，她又笑笑。女孩儿不怕冷，坐在一张小板凳上，长长的羽绒服像披了张被子在身上。放下手机，她就剥跟前的棉花，白色的棉花放进篮子里，褐色的棉花壳则放在簸箕上。看起来，倒不像是来佑生伯家做客的。如果换掉那身被子，她不会比走在淮海路上的女孩儿差。玛丽头一回发现村里还有这么好看的女孩儿。

刚想下楼去看看那女孩儿，玛丽就听到了大舅进屋的声音。年初三，外甥们按惯例要提着礼物到瓦塘村给大舅拜年，今年，大舅给老娘打电话让他们不要来，他要来看猫。

外公外婆相继去世，大舅的地位甚至比老爹还高，如果不是因为表哥前年聚赌被拘留，玛丽出钱到县公安局给打点了回来，他说话还会更响。老娘让玛丽把猫抱下楼给大舅看，并吩咐高富杰把门窗都闭上，将屋里的灯拉亮。大舅看这阵势，嘲笑说比接皇后娘娘回家还隆重。老爹难为情，让高富杰把门打开一点儿："过年闭门，不像话。"高富杰只好又留出巴掌宽的门缝。

"就这猫？好几万？"大舅的手在猫的背上、屁股上不断拍打，如果不是雪儿躲闪后退，他估计会把雪儿那条粗壮的尾巴拎起来看看，就像在集市买活鸡，鸡脚朝上一拎，一口气吹开屁股的羽毛判断是不是绿便病鸡。

"大舅，纯种的布偶猫，市场上根本看不到。"高富春骄傲地说。

"给三皮家那只配个种，生一窝，不要多，几千块就够了。"大舅笑着点起了烟斗。

"母的，早阉掉了喽。"

“糟掉了，糟掉了。”

看起来，雪儿很不喜欢大舅。它被他拍得极其不爽，生气了，往桌子底下、后门，甚至暗绰绰的厨房蹿去，高富杰和高富春两个负责前后堵截。玛丽也不敢说什么，只暗暗期待大舅早点儿转移对猫的注意。

大舅开始和老爹聊医保的事情时，雪儿忽然一阵狂颠，往墙上蹦了好几下，又跳到桌子上。那只光斑又出现了，像穿窗而入的蝴蝶，一跳一跳，从墙上落到柜门上、神龛上，最终又落到窗边。雪儿忘乎所以，追追扑扑，但每次都落空。“蝴蝶”迅速跳动，来无踪去无影。被戏弄一番，雪儿竟恼羞成怒，冲着四壁嚎叫，像一只被囚禁多时失去耐心的兽。在人们还没完全反应过来的时候，它追随“蝴蝶”跑到门缝边，脑袋一拱，四肢一跃，跨过门槛，像一道影子，消失在门外。这些动作如此连贯，毫不拖泥带水，仿佛这门外的世界已被它觊觎多时。

一层残雪铺平的泥地，洁净、明亮，这大概是雪儿跑过的最辽阔最平坦的世界了。没有门，没有窗，没有墙，它跑得像风一样，没有半点儿约束。它的胡子放弃了丈量空间的功能，翘得高高，它粗壮的尾巴像旗杆一样竖起来，它身上的白毛随着风速耸动，像将军骑马抖动的披风，这耸起的毛发使它看起来比平时壮大了一倍多。很多次，玛丽回忆起雪儿这个奔跑的场景，认为当时它一定是发出了银铃般的笑声。

雪儿仿佛将身后一声声尖叫和追赶的脚步声当成了战鼓，催促它跑得更奔放。一下子，它就跑到了那个女孩儿旁边，不过，这场刺激的跑风已经让它彻底遗忘了光斑之类的低级游戏，它被羁绊下来，只是为了女孩儿脚下那一团团毛茸茸的棉花——它一贯对与自己毛发相类似的东西无法抗拒。它压低身子，试图朝一团雪白的棉花探索而去。

“抓住它，抓住它。”他们边追边大叫。

女孩儿并没有起身，坐在小凳子上，双手往前做了个扑的姿势，就像雪儿扑向墙上的“蝴蝶”，扑向了虚空。雪儿被这个姿势以及越来越近的脚步声吓到了，它舍弃了那堆棉花，重新跑起来，脚步有些零乱，朝左边跑一会儿，又偏往右边，像在耍计谋甩掉身后的追兵。

高富杰跑在头一个，他的嘴里发出些不伦不类的叫声：“喵喵喵……嘬嘬嘬……嘿嘿嘿……”最后，化成了一声长长的惨叫。

等玛丽他们赶到，雪儿已经从一片矮灌木丛钻进去，那里，通向那座从地面拱起来的小土山。

玛丽的脑子一片空白。

这座小土山还是跟过去那样，走进去才知道远远比窗前所见的要大许多，相对于60厘米长、5.2千克重的雪儿来说，它应该等同于一个上海那么大了。

玛丽边哭边唤，祈祷雪儿能像一个真正的小伢，能听懂并理解一个妈咪焦急的声音。然而，只有残雪从树枝间跌落时发出些声响引起过他们的一点儿希望之光，大部分的时间，山林冰冷沉寂，跟时间一起加深着玛丽心底的绝望。

四处搜寻一阵，高富春决定回去搬救兵。很多年前，有人沿着足迹在小土山找到了那只专门拱鸡圈的山猪，村里几乎所有壮年都出动了，也就一小时不到，土猪就被抬出了山。

“这猫胆子小，跑不远。”高富春劝玛丽跟他们先回去，找人，关键是拿诱饵，他断定猫一定还藏在附近，饿了，自然就钻出来找吃的。

玛丽想起有一次，不留神雪儿蹿出阳台，沿着狭窄的墙沿爬到空调外机顶，九层楼高，玛丽想起腿还会发软。最后还是用它心爱的罐头，一点点地把它引回了屋。

他们急急回家搬救兵。路过佑生伯的晒谷坪，那女孩儿还在，没坐小板凳了，站着，一直朝山那边张望。玛丽想起她那个聊胜于无的扑空手势，如果不是她那只“蝴蝶”，雪儿怎么会发疯跑掉？她泄愤地朝她吼：“找不回要你赔。”没想到女孩儿一下就哭了出来，好像早已经准备好了似的，又好像跑丢的是她的猫。

玛丽愣了一下，不再多说话，赶紧回家取罐头。

带回来的猫罐头都打开了。高富春和高富杰很快张罗了一个队伍，都是附近的亲戚以及正好来串门拜年的乡邻。他们几乎都上楼参观过雪儿。出发时，他们还拎了好几只鱼篓，好像要到湖里打窝捞鱼。队伍浩浩荡荡，老爹说，比上山祭祖的人还多，猫跑不掉。

“馋猫馋猫，只要有吃的，它肯定就会回来。”见玛丽哭，老娘像安慰小伢。

一直到了吃晚饭的点，雪儿还不饿，影子都没一只。其他人耐不住了，生怕错过了酒局和牌局，说起来，丢失的终究只是一只牲畜，又不是小伢。他们三三两两，陆续收兵回家，冷得一路直跺脚，擤擤鼻涕，说这猫莫不是被野猫吃掉了喽。

剩下高富春和高富杰以及几个玩得好的老表，尽职地守在几个放置罐头的点。天黑下来时，玛丽已经彻底不抱希望。她熟悉这种过程，就像她过去经历的有些事情，加薪、升职、找男人结婚，有戏又没戏。不抱希望会让每一种细微的获得都放大到喜出望外。下意识里，她甚至认为等这些人都散开之后，雪儿会施施然从某个树丛里钻出来，就像那一次，她躲过大人，从泥洞爬出，迎面见到了来接她的爷爷，这一幕并不是幻觉，是记忆。

玛丽回到屋，还没脱掉已经湿透的皮靴，就听到晒谷坪外一阵喧闹。

高富春双手抱着一只鱼篓，一路小跑过来。他跑得小心翼翼，像怀里抱的是一坛随时会溢出来的酒。鱼篓紧紧贴在他凸起的大肚腩上，正好起到了稳定的作用。高富春从夜色里跑出来，一近，玛丽就看到鱼篓里那团白色的影子。

抱着这只冻得簌簌发抖的猫，玛丽哭哭又笑笑，连高富春也被她哭得不好意思了，他犹豫了一下，一只手举起，在玛丽的脑门上敲了一个栗子："你这妹，给你找回来还哭。"大家都笑了，拢到火桶边暖身，围着那只毛发又脏又湿的猫看。"你看看，这个样子，跟野猫有什么区别？"高富杰伸手想敲它脑袋，又缩了回来。

雪儿大概是跑累了，或者是惊吓过度，脑袋低垂，眼皮虚掩，四肢蜷缩在肚皮底下，挨着火桶，像揣着双手打盹的老汉。老娘凑过去，手指点点它的鼻子说："你呀，你把你老娘急死了。"玛丽忽然觉得尴尬起来。

后来，玛丽想起那个被她骂哭的漂亮女孩儿，问是谁。老娘说，是佑生伯的儿媳妇，过年前娶过来的。玛丽印象中，佑生伯的儿子好吃懒做，一直赖在家里，顺手给人干点儿泥水活儿，做一季歇一季，四十岁，娶媳妇的钱都没攒下来。

"光辉还是命好，娶那么好看的老婆。"那女孩儿的面相，笑起来好看，哭的时候也不难看。

"没钱才娶个小儿麻痹。"

玛丽一惊，回想起女孩儿朝着空气的那一扑，的确像用尽了整个上身的力气。那么漂亮的女孩儿啊。玛丽鼻子酸酸的。

年初五，赶在返程高峰到来之前，玛丽带着雪儿回上海了。高富春他们几个要过了元宵节才出门打工。跟玛丽的车子挥手告别的时候，没有谁对这个来去匆匆的妹妹发一句牢骚，就像她在执行某种很有道理也很正确的决定。“明天就开始堵车了，十几个小时都开不到上海。”就连老爹也晓得这样跟亲戚解释，当然他并没有提到雪儿。

回到那间熟悉的公寓，很奇怪地，雪儿一直在舔身上的毛，不知道那毛发里是否还保留着高家村或者小土山的味道，也不知道它如此频繁地舔舐，是出于对那些味道的留恋还是嫌弃。总之，除了吃饭睡觉之外，它就一直在舔，舌头上细密的倒刺摩擦着每一处毛发，发出了“沙沙沙”的声音。

刚冲好一包速溶咖啡，玛丽就收到特蕾莎的微信，问她给薇薇安凑单买“海蓝之谜”，到底凑眼霜还是爽肤水？薇薇安是她们部门经理，逢节假日海购网有活动，不管她们几个是否需要，都邀请一起凑单，赠品自然都归薇薇安的，识相的人，连快递盒子都不拆，转手送到她办公室。玛丽心里冒出一股无名火，又一下子决定不下眼霜还是爽肤水，干脆手机一关，上床。

辗转到半夜，玛丽还睡不着，事实上舟车劳顿，她又累又困。熬不住了，想起回家时准备给雪儿路上用的那颗安眠药，一杯温水将其吞服掉。药效发作之际，蒙眬间听到雪儿仍在枕头边上舔毛，“沙沙沙，沙沙沙”，好像下起了春雨，这空白的噪声把玛丽跟窗外的城市渐渐隔绝开去。

金　石

一

婚礼进行得有点儿慢。不是有点儿慢，而是太慢。母亲赵佳露和女儿蔡文静站在台上，不时交换着眼神，这眼神里都有着一致的焦灼和无奈。

母女俩，一个喜欢穿袒胸露背的性感白婚纱，一个看上一条淡青色的洋装裙子，所以，她们最终决定了采用西式婚礼。

为了这场婚礼，母亲赵佳露赞助了一万块，洋装是她自己挑的，菜谱也是她自己订的，连老蔡的西装领结都是她指定的。她私下想，就当弥补自己这辈子从来没捞着举办的婚礼吧。

可是，这西式婚礼也太繁文缛节了。观赏新郎新娘生活的 VCD，证婚人发言，新娘新郎宣读各自的结婚感言，交换戒指……一系列麻烦事。每一个步骤结束，下边二十八桌三百多位客人都报以热烈的掌声。要不是在一个喜宴上，还蛮像开大会。台上站着的老蔡，听到几百人的掌声，心情紧张。他从矿产局退休后，好些年没开过大会了。

司仪终于请到老蔡代表家长发表感言了。蔡文静和赵佳露顿时松了口气，她们问过了，等老蔡一讲完话，就会开香槟切蛋糕，台上的部分就算是结束了。

老蔡说，他“简单讲几句”。可没想到，老蔡是这个婚礼闯出来的一匹“黑马”。他一讲，就讲了快二十分钟。

老蔡讲什么呢？讲人生。讲女儿女婿未来的人生。刚开始，还讲得情真意切，完全是一个做父亲嫁女儿的复杂情感的流露，听得台下人不时动情地鼓掌。可是，讲着讲着，老蔡完全脱离了腹稿，语无伦次地啰唆起来。他希望女儿结婚以后，好好做家务，努力上班，认真学习科学发展观，构建和谐家庭；他又希望女儿勤俭持家，少购物，可买可不买的东西还是不要买，多研究菜谱，慢慢过日子……老蔡想到什么说什么，几次词穷，却又紧紧抓住话筒不舍得放。

司仪好几次试图打断老蔡，又被老蔡抢了回去，弄得台下的人看闹剧般哗然。赵佳露和蔡文静干着急，恨不得不顾一切礼仪将老蔡的话筒抢走，并且一把将老蔡整个人都撵走。

只有那个很早就失去了双亲的新郎屠庆民，站在新娘身边，认真听老蔡讲。屠庆民的心情也很复杂，今天是他成家的日子，结束吊儿郎当的单身生活了，蔡文静说："男人结婚之后，就要有责任感了，要把整个家都担当起来。""责任感"三个字，把屠庆民对婚礼的情绪搞得怪怪的。他不明白为什么老蔡也表现得怪怪的，但正是他那复杂的情绪能使自己静下来，觉得老蔡的每句话都说得十分有道理。

"人生啊——很像拉大便，好多时候，你尽管很用力，结果出来的却是一个屁……"老蔡这一神来的幽默，终于把满堂都惹得不顾一切爆笑了起来。

蔡文静眼看就要哭出来了。赵佳露终于露出了平日生活的一贯本色，拎起那条及踝的美丽长裙，恶狠狠地走到老蔡身边，一把将话筒抢了过去，并且目露凶光，深深地剜了老蔡一眼。

"对不起，对不起大家啊，我们老蔡喝多了，话多了，话多了……"赵佳露堆着笑容朝台下道歉的同时，司仪在一边配合地开起了香槟——"砰"……

婚礼上的不合拍，使老蔡彻底成为一个与母女俩格格不入的人。现在，她们很多活动都不带老蔡玩了，她们觉得老蔡煞风景。其实，这么多年来，相比起母女俩对生活风风火火的态度，对物质扑面而来的盎然兴致，老蔡那慢悠悠的生活脚步，以及他对有关消费和享受一切物事的消极态度，本来就不谐调。老蔡的这种不谐调，赵佳露认为，是他三十多年前在地质队工作期间，在广西河池矿井巷道里，脑筋被炸药爆炸震少了一根。

那次炸药爆炸，倒没死人，就是让包括老蔡在内的二十来个人，在井下生生关了一天半。在井下漫长等待的过程，老蔡每每跟人说起来，都有如死过一次——整个人只剩下一副轻飘飘的魂，最难受的是，在黑暗中，脑子总被一道刺眼的白光照着，从没被照得那么清清醒醒的，他感到这个世界不要他了，把他放在一个孤独的月球上。那是20世纪70年代，老蔡挖金矿却挖出了登月的感觉，可是，谁也理解不了他的这些感受啊，所以，他跟人说那场惊险的事故时，听者都不知道如何回答他，只好说："万幸啊，万幸啊，人活着。"

人是活着，可活下来的老蔡跟换了个人似的。事故发生后的那年春节回家，赵佳露头一回感到，在他们长达八年的两地分居生活里，她等回了一个陌生人。不仅是赵佳露，当时四岁的蔡文静，从幼儿园回家，一见老蔡，就往邻居家溜，还跟人家说，妈妈床上坐着一个奇怪的叔叔。要说，这个奇怪的"叔叔"还真是奇怪，他在家里没住几天，就感到浑身不舒服，他对赵佳露说，他想搬到离家不远的那个华安旅店去住，每天可以步行回来看看她们母女俩，吃吃饭什么的。赵佳露一听这话，顿时感到天崩地裂，以为老蔡要抛弃她们娘儿俩了，想到一个寡妇拖着一个四岁女儿的艰难时世，她一哭二闹三上吊，吵得左邻右舍都跑过来，人人谴责老蔡，最终才平息了这事情。

当然，炸药爆炸也给老蔡一家带来了好处——终于结束了漫长的两地分居生活。老蔡从地质队调回千江市矿产局当质检，坐在实验室，在从十万大山的各个矿井采集到的矿物样本里，找出有价值的矿物质。一年一年过去，越来越多的人夹着包包跑他的实验室，摸出条香烟或者捞出瓶好酒，很私密地小声问："老蔡，这批样本里，有没有金石？"那架势，似乎有没有金石根本不重要，重要的是老蔡的态度。不过，老蔡坚持实事求是的作风，就算到最后，那些人从包包里摸出一沓钱来，他也不合作。他知道，那些来找他的人，凭借他做出的检测报告，就可以让政府招标挖矿，含量越高，用的金钱力度就越大，至于到底最后挖出来的结果是怎样，是一堆烂石头还是一堆狗屎，他们才不管呢。开玩笑，金石啊，哪里有那么容易就采到的？有的人冒着生命危险去找都没找到！

"你可以跟老婆不合作，跟女儿不合作，跟全世界人都不合作，就是不能跟钱不合作啊。老蔡你这样的人，对于整个家庭来说，太没有责任感了！"

赵佳露这样的话，在老蔡一辈子的人生道路上，就像雨后的春笋般，不时地冒出来。

老蔡再明白不过了，赵佳露眼里嘴巴里的“责任感”，其实所指的仅仅是这个世界上流通最广泛最迅速的东西——钱。只有能挣钱的人，责任感才强。哼，老蔡心想，钱算老几？钱不过是金石的孙子的孙子的孙子的孙子……金石早在二十多亿年前就已经存在了，那个时候，钱跟人一样，还没开始第一步的进化呢。唉，真没想到，老蔡眼见的这几十年间，钱跟人一起，进化得麻溜的快，快到要超越那二十亿年了！不过，人活在世，老蔡又怎能不知道钱的好处？只是他除了检测矿石，其他来钱的门路也一概不会啊。所以，老蔡只好选择了鸵鸟政策，把头深深地埋在自己的世界里，就好比自己压根儿就没从当年那个不见天日的垄道里逃脱出来。

直到若干年以后的某一天，赵佳露才似乎明白，老蔡之所以对那些急吼吼地来找他鉴定金矿的人总是抱着排斥和鄙夷的态度，还是因为那场爆炸事故。

那个当年跟老蔡一起被关在井下的老地质队长，有一天摸到千江市来，找到老蔡。就像生死之交的一次重逢一样，老蔡把老队长请到了家里来，喝酒，并且坚持像过去在野外作业一样，用口盅喝。回首往事，在半醒半醉之间，总算让旁边的赵佳露听出了个秘密：当年的那次爆炸，实际上是地质队长带领二十来个地质队员的一次违规操作，目的就是深入一个被他们鉴定出有金矿的地方，挖金石，谁知道，出事故了，金石没捞着，那支地质小分队被组织遣散到各个地方去了。这事表面上是没有再追究，实际上，老地质队长神秘地告诉老蔡——都被记录在案了。老地质队长退休之后，到各个城市试图找回当年那批参与的队员，目的就是印证一个事实——他们都接受了秋后算账的命运，几乎没有一个在矿产单位里升官。当然，老蔡的命运也有力地支持了老地质队长的判断。

“奶奶个熊，这回死也能死个明白了，居然是这样搞法的！”老地质队长比老蔡年长个四五岁，却满头银发，老得厉害。似乎他花了半辈子的脑筋来研究这件事情。

赵佳露了解到这个秘密之后，很奇怪地，心里历来对老蔡的抱怨竟然减轻了些，她顶多把老蔡对金钱和物质的轻慢，视为老蔡“一朝被蛇咬，十年怕井绳”的胆小。她只好认下了这个宿命。

照道理，赵佳露既然认下了不能大富大贵的宿命，就应该顺应老蔡的生活宗旨——“安心过小日子，慢慢过，好好过”。可赵佳露偏不能那样，她是个急性子的人，恨不能一天当两天使。退了休，她更是把节目安排得满满的，锻炼、采购、弄保健品、自制滋补膳食……女儿结婚之后，她还热衷起旅游，跟着旅行团，当然有时也跟女儿结伴，在祖国的名山大川前留影。她说：“这个时候不出去走走看看，等老了走不动了，就来不及喽。”老蔡却并没从她的旅游中感受到多少对祖国山河的热爱，只是感到她对某地特产和旅游纪念品的狂热，以及她对照片里的那个自己的欣赏，仿佛只有在照片里，她才能感觉到时间的停留。

如果说，老蔡是墙上那只老钟的一根分针，那么赵佳露就是那根每每超越他，并且只肯在他身上停留一秒钟的秒针。秒针嘀嗒嘀嗒地过日子，分针嘀……嗒……嘀……嗒地过日子，日子长了，也就习惯为一种不搭调的存在了。

老蔡偶尔也会劝劝赵佳露，有话慢慢说，有事慢慢做，甚至，有饭慢慢吃。人不能急，人一着急就容易上火，容易患心脑血管病。这些话每每遭到赵佳露严厉地批判，而且，她最喜欢拿对面楼阳台上那个胖婆婆来当武器。她说：“老蔡，你难道没看到，万爷爷死了之后，胖婆婆就把客厅里那张双人皮沙发摆到阳台上来了？为什么？就是因为她一个人哪都去不了啦，待在客厅又难受，只好把沙发搬到阳台上，天天坐在沙发上看风景，看人，顺便等万爷爷哪天把自己也接了去！人啊，只有在等死的时候，才会慢慢等，才会嫌一生太长……”

一讲到死，老蔡往往没了声音。对于一个得以从矿难逃生的人来说，死的滋味就如悬在鼻尖的异味，哪里会忘掉？只不过，如今的老蔡看来，那滋味绝对没有被抛弃在一个孤独星球上难过。

二

女婿屠庆民一“加盟”到蔡家来，老蔡作为男人这种物种，更是彻底丧失了其性别魅力。

女婿是千江市电力局的办公室主任。赵佳露给女婿的工作职务这样定了个位——办公室主任啊，就好比过去宫廷里的大内总管，管花钱，管公关。然而，这个大内总管在蔡家却不管花钱，只管往家里扒钱。每次，女婿从外边应酬回来，上缴一个小信封的钱、一沓购物券、一袋礼品，或者搬回公家请客时喝剩下的洋酒、鲍鱼、燕窝之类的好东西，有的时候还将举办活动时用不完的礼物纪念品大包小包拎回家。七七八八的，都让赵佳露母女高兴得合不拢嘴。要知道，这些额外的进账，几乎是蔡家几十年来，吭哧吭哧正常收入以外唯一得到的“不义之财”。

说到底，人对“不义之财”有着永远无法熄灭的热爱。女婿对这个家庭做出的贡献，迅速使他这个孤儿成了蔡家的掌中宝。她们对女婿照顾有加。女儿负责在网上找一些成功男士养生的食补方子——补肝的养肾的去血脂的消疲劳的……应有尽有；母亲则负责将这些方子实现为一罐罐精心熬好的汤或者一碗碗内容考究的中药。老蔡的任务呢，就是在女婿应酬到深夜回家的时候，将这些好东西，放到微波炉里加热，监督女婿喝。反正老蔡进入六十五岁以后，从来只会晚睡早起，黑夜成了他的半个老伴儿。

每当屠庆民满身酒气地回家，看到老蔡打开那盏佛手形状的小顶灯，坐在饭桌前，边读晚报边等自己，他的心头就发热，无论再累，都会在老蔡的身边停留一会儿，跟老蔡说说话，邀请老蔡一起分享桌上留给自己的那些“好东西”。

八岁时，屠庆民的父亲就去世了，直到三十五岁才又有了老蔡这个父亲，所以，“爸爸”这简单的发音，在他嘴巴里曲折了起来，他总是“阿，阿爸”地叫老蔡。

跟“阿，阿爸”老蔡聊天的时间不是很多。一来屠庆民日常工作繁忙，二来屠庆民觉得老蔡不爱跟人交流，除了婚礼上那一番失态的啰唆之外，他再没听到过老蔡说那么大篇的话了。

两个男人，在寂静的深夜，趴在饭桌上喝“好东西”的时光，很长时间以来带给屠庆民一种特殊的幸福感。这些时光，老蔡会安静地聆听女婿应酬回来，乘着酒兴，对工作对这个社会大发牢骚，对某个领导或者某种做法义愤填膺，甚至还会沮丧地大而化之谈到人生的无奈和无意义。

老蔡从女婿的话里频繁地听到“累”这个关键词。与其说女婿在跟自己诉苦，还不如说女婿向自己“诉累”。老蔡心想，哎呀，还得了，年纪轻轻，就感到人生负累了！再一仔细看女婿那通红的脸膛，那随着喘气起伏不休的“啤酒肚”，以及躺靠在椅子上完全散架的整个身体，嗯，看起来，这孩子是累得不轻。心下自然是对女婿产生了一种爱惜——唉，怎么说都比自己上班那会儿累啊，要这要那，还真不是一般累啊！

当然，女婿的牢骚话，说过就过了，也不会再从老蔡的记忆里搬运出去。对面的老蔡是个空空的老矿井，将屠庆民一番番痛快淋漓的话全都收纳了进去。

老蔡也会跟女婿讲讲自己，讲遥远的过去，似乎从一潭黝黑的深水里，随手能摸出些闪亮的石头来，有趣极了。屠庆民在外头结交五湖四海的人，也听不到这样有意思的事情。尤其是老蔡从前辗转十万大山的地质队生活。这也是屠庆民最感兴趣的部分。

还没跟蔡文静结婚的时候，屠庆民就知道自己的未来岳父，是矿产局一个经验丰富的检测师傅，不仅经验丰富，而且还是一种“稀有金属”——“又臭又硬，怎样都不受腐蚀。”这是蔡文静说的原话，她说她老爸一辈子，除了懂看看矿石之外，屁都不懂，除了按部就班挣那点儿可怜的工资之外，多一分钱的进账都捞不着。蔡文静还说，她老妈说她老爸是在那次矿难事故里，脑袋给震坏啦，嘿嘿嘿！蔡文静笑得诡异，再也没对那次矿难多说什么，搞得屠庆民心里充满了好奇。直到结婚之后，蔡文静与屠庆民身心终于合而为一，屠庆民成为她在这个世界同穿一条裤子、比自己亲老爸还亲的人之后，有一次，床笫之事结束了，两口子躺在床上闲聊，屠庆民才知道，岳父在三十多年前经历的那次矿难，是由于他跟着一班地质队员私采金矿，操作不当引发的。了解这个原因后，屠庆民再看这个木乎乎甚至小心谨慎的岳父，顿时感情丰富了许多。就好像对一个参加过一场失败革命的老兵一样，内心充满了同情。可是，对这个才相处不到两年的“阿，阿爸”表达这种同情，无疑跟这个结巴的称呼一样不容易。屠庆民只会在某个应酬回家的夜晚，仗着酒的豪情，从口袋里掏出个刚在饭桌上人家偷塞过来打点他的红包，一千的八百的，装作很随意地塞到老蔡裤兜里，无所谓地说：“阿，阿爸，这是我今天得的一笔劳务费，稍少点儿，拿去当零花。”

刚开始，老蔡很是被这样的举动惊吓到。他不明白女婿为什么要给自己钱，从来，他都是上缴给蔡文静或者赵佳露的呀。为了这些红包，老蔡还跟女婿“打太极”，推来让去的。几次推让无效，想到这些钱是自己女婿给的，是一片孝心，也就不再挣扎了。老蔡的这些额外收入，照女婿的话来说，是老蔡的“私房钱”，天知地知你知我知。这是两个男人之间的秘密。秘密守久了，彼此就会加深信任，即便是两个相处了不到两年且年龄相差了三十岁的男人，又即便这两个男人在平日里，只有不多的一些深夜独处和交流。

有天晚上，边喝着鸡骨草老火汤，老蔡边跟女婿谈起了那场该死的爆炸。

那是1978年的夏天，第八地质队三分队检出了广西河池地区一个含矿金石的山矿，三分队有二十二名队员在队长九叔的带领下，在一个深夜入井，试图将最近的一处矿井打通，采集金矿。没想到，由于专门填炮泥的老六并没参与这次行动，改由另外一人来操作，在填炮泥的过程中，因为用力过大，压爆了雷管，导致了一场意外的爆炸。

“阿，阿爸，当时，爆炸之后，很恐怖吧？”屠庆民在新闻上看到很多矿难报道，幸存者回忆起当时的情景，啃泥巴、喝自己的尿等这些遭遇，虽不能亲身体会，但想想都觉得可怕。

“你说恐怖不恐怖？几十年过去了，我都没从这个阴影里走出来。年轻时候的我，大碗喝酒大口吃肉，身体强壮，胆子又大，在垄道里，可以干活儿几天几夜不睡觉。现在，你看，我这个样子，唉，人胆子一小，什么都小了！”老蔡连连叹息，依旧唏嘘不止。

的确，老蔡所描述的那个年轻时的自己，跟眼前这个瘦弱、寡淡的老头儿，一点点都联结不上。屠庆民不忍再问下去，只好安慰老蔡，说：“现在这个样子也不差啊，平平安安的。”

“唉，要不是当年的失败，哪儿会是今天这个样子？”

老蔡的弦外之音，让屠庆民很迟疑，他想着，是否要跟老蔡聊聊过去那次私采金矿的行动策划什么的。但是，他有点儿怵，只好运用起了他办公室主任一贯稳重的行事方式，采取了迂回战术。

“我就弄不明白了，要说当年，你们也是一支专业队伍，怎么就会失手呢？”

老蔡眯着眼睛，朝阳台外边的黑暗深处望过去。似乎到了那黑暗里，就能抵达他的记忆，那里就是他风餐露宿的深山老林、钻过的垄道、爬过的矿井。

半晌，老蔡才把目光收回来，停留在女婿的脸上，语气里充满着迟疑，说：“一切部署都没问题，你信不信？问题就出在那该死的炮眼上！”

屠庆民一脸疑惑，疑惑得很真诚。

“老六当时没听我们劝，所以没参加，填炮泥的人，换了我！”老蔡似乎费了好大劲，才从自己那口记忆的深矿里，捞出了一个连自己都不愿意面对的事实。

天！肇事者竟然是老蔡！这真是一个惊天的大秘密！不，这已经不再是一个秘密那么简单了，这是一个隐私。屠庆民可以肯定，整个蔡家，除了自己和老蔡，绝对没有第三人知道了。

显然，这个隐私比屠庆民从蔡文静嘴里得知的那个秘密，更令人感到不安。老蔡那至今仍然不肯放过自己的表情，被屠庆民一看之下，心里竟隐隐作痛。于是，他赶紧伏下头喝汤。

那晚，老蔡干脆讲起了他当时填炮泥的情况。听得出来，这是一种从未经整理的，等同于即兴的，完全脱离了腹稿的，想到哪说到哪的讲述。有很多地方，说到结果，又跳回去说前边的原因，仿佛老蔡捡起的，是当年被炮弹炸飞的记忆的碎片。

“往炮眼里填炮泥，用力大了会压炸雷管，用力小了又会留有罅隙，唉，不熟练的人，哪里有那么好掌握的？”老蔡仿佛多年后面对一个审判官，诉苦，申冤。

讲了那么多，老蔡却始终没有提到这次采金矿的主要目的。似乎这才是老蔡一辈子永远死守的秘密。

屠庆民只好把这个公开的秘密依旧当成秘密，永远地埋在他和老蔡两人之间，谁也不敢再去开采。

在这个世界上，秘密其实是块宝，也像是埋藏在矿洞里的金子，一旦你知道了它的存在，就算做出再危险的举动，都不觉得那算什么了。屠庆民很多时候想，岳父老蔡年轻时候的那一次冒险，要是成功了，谁会称它为一次冒险呢？人们通常只会将它称为“安全着陆”。这个词目前在他们圈子里很流行。前些日子，他们电力局老局长终于熬过五十九岁“鬼门关”，六十岁一到就光荣退休了，老部下们捧着鲜花来欢送他，高高兴兴地祝贺老局长“安全着陆”。

谁说不是呢？人活着就是这个世界上最伟大的冒险。生命不息，冒险不止。

三

老蔡要过六十九岁生日了。按照这里的风俗，六十九岁要过大寿，要过得光荣而隆重，七十岁大寿生日倒要静悄悄地过了，仿佛这些岁数，是老天爷偷偷塞过来的一只大红包，得了就得了，识相着不敢声张的。

老蔡老两口和女儿小两口，四个人，打算举行一次豪华旅行。因为女婿说了，他今年做计划的外出旅差费，还剩下一点儿钱花不完。老蔡的生日在十月份，正好是单位报账截止期之前，所以，女婿决定，一起找个地方旅游消费掉，双飞。机票嘛，他会在自己的长期订票点出自己名字的票报销。

这次母女俩选择去柬埔寨，看著名的吴哥窟。不在国内转悠了，跨国玩。这个计划也得到了老蔡的同意。

蔡文静从网上打印出来的吴哥窟风光照片，一页页翻给老蔡看，故意说："这种石窟里，说不定还能找到有价值的矿石。"这说的可是老蔡的专业！他很是鄙夷地撇了撇嘴，耻笑女儿："幼稚，简直发大头梦，这种石窟的石头，只有艺术价值和历史价值，你说的价值，是金钱价值吧？"

女儿看老爸来兴趣了，做出憨傻的样子继续说："欸，说不定能发现金石哩，找到一块，不得了啦，发大啦！"

老蔡连连摇头，一副不可理喻的样子："矿金的石质跟这种砂岩质完全不同，你不懂不要出洋相啊！亏你还是矿产局职工家属，哼！”

老蔡一句话，把赵佳露逗乐了，也参与了斗嘴：“嘿，矿产局职工家属又怎么样？像我这样的几十年老家属，连金糠都没沾到过呢！”

母女俩又习惯性地站在同一阵营。

老蔡也习惯性地不恋战，到阳台淋花去了。

老蔡的生日还没到，这柬埔寨吴高窟就成了老蔡家才冒出来的一对双胞胎兄弟，每每在饭桌上、茶几上、厨房里，老蔡都能感觉到它们的热情召唤。

这热情也多少感染了老蔡，以至于在一个晚上，他竟然破天荒地跟着赵佳露母女俩出门，到华佳商场进行一次大抢购。

其实，这也是赵佳露怂恿老蔡去的。华佳商场举行一个“零点一折”活动。按照传单上的说明就是：本周五晚上十二点开始，全场货品一折，限时一个小时。

多一个人多一双手，拿东西啊！赵佳露母女俩早就计划好“血拼”，一折，还不抢到头破血流？

等老蔡一行三人，计算好时间，跑到华佳商场门口一看，嗬！老蔡被吓得往后退了好几步——这深更半夜，又是深秋，冷飕飕的，竟还有那么多购物狂啊！别说商场的小广场上，就连商场旁边的两条小马路，都站满了等待的人。

一向习惯晚睡的老蔡，总是待在家里，不是看电视就是看报纸，安安耽耽的，他哪里知道世界上还有这样的夜晚？他今天总算明白了，物欲横流，原来它是不分白天黑夜的，真像一条湍急的河水啊。

随着人流，老蔡他们好不容易冲进了商场。里边亦是一片流光溢彩。货架上的物品完全丧失了往日的矜持，被翻找得七零八落；散放在货场中央大摊上扎堆的商品，更是一副不要白不要的便宜相。

最可怕的还是人。老蔡觉得，他们买东西好像不用钱似的，拿在手里，看了看，就往篮子里扔。有的时候，相互之间还会发生抢夺。

因为怕走失，老蔡寸步不离地跟着赵佳露母女俩，不时地接过她们伸过来的一组牙膏牙刷一捆卫生巾什么的，放到篮子里。很快，老蔡的篮子就满了。母女俩只好将新找到的东西放在各自手上的篮子里。又很快，三人的篮子都满了。老蔡想，这下，该出去了吧？他已经被耳边的吵闹声和鼻子里稀薄的氧气，弄得精疲力竭了。他只想快快结束这场打仗似的疯狂购物。谁知道，母女俩又在一个床上用品区里，翻出了些不同花色的被套、枕套，她们在商量比较之后，将两大条长长的被套和四只枕套挂在了老蔡的肩膀上，又继续往另一个区游去。

老蔡觉得自己像电影里的阿拉伯人，滑稽地披挂着长衫，在人群里，跟着母女俩，脚跟碰脚尖地把自己努力递出去。

最后，他们停在了一个户外用品区。蔡文静看到了一只深绿色的睡袋，她兴奋地跟她老妈嚷起来："这是我早就看上的睡袋耶，以后我们到郊外露营，可以用它，我看看，一折，才八十九块，天啊，太便宜了，买两只吧！"

不一会儿，老蔡就感觉到自己的头顶上飘来了两朵绿色的云，直接笼罩住了自己的头，他什么也看不到了，只听到女儿遥远的声音从云上传来："老爸，要顶住啊，我们再到食品区看看！"

老蔡只知道，两只睡袋躺在了自己的另一只肩膀上。睡袋虽然不重，但是老蔡却一步也迈不动了。好像这两只睡袋把自己密实地扎了起来，他只听到一片嘤嘤嗡嗡的声音，如身处另外一个非人的世界。他努力想让自己回到眼前这个充满物质的世界，却最终失败了，身体软塌塌地滑了下来。

老蔡患了小中风。还好，没什么大碍，就是舌头有些许歪，讲话有一点儿费劲。医生说："没什么大碍也要小心，要多静养。"

无疑，老蔡要跟柬埔寨吴哥窟两兄弟彻底告别了。可说好了又不去，始终心有不甘，还白白浪费了女婿那笔公款。最后，母女俩还是照她们的计划前行，家里留下女婿和老蔡。女婿说："放心去吧，我找个靓女来伺候阿，阿爸。"母女俩乐呵呵地放心出门了，只要能出去，就算找个白骨精来料理老头子，也没什么关系啦！

老蔡不要人伺候，他难得耳根清净。女婿不在家的时候，他独占一套大房子，东摸摸西看看，好像才搬进这里住不久似的。最令他高兴的是，他可以在外边吃小店。走出小区门口，滨海路边一长溜小饭店，想吃什么就吃什么。逢到女婿没有应酬，还会请他下馆子。

老蔡每天午睡起来，喜欢到滨海路散步，沿着长长的绿化带，来回一趟，一个多小时就消磨掉了。老蔡也不会多走，往往走到滨海路往河西大桥拐的一个楼梯处，便又踅回来了。一来桥上人多车多噪声多空气差，二来老蔡有点儿怕这桥。他一个清闲人，跟桥上那些匆忙赶路的人挤一起，倒显得自己落寞寡欢了。所以，一向以来，河西大桥就好像一道隔离带，将老蔡与对面川流不息、活色生香的生活隔离开来。

这个深秋的下午，老蔡自由自在地甩着手，熟门熟路地走在滨海路上。

天气晴朗，阳光的成色很好。老蔡眯着眼，朝天空目测了一下那太阳，用光谱测金仪的系数，给太阳打了个高分。秋天的风，吹在老蔡午睡后潮红的脸上，凉凉的，老蔡感觉这风把阳光里的金沙都吹拂到了他的脸上，多么亲切美好啊。

老蔡清清爽爽地走着，很快就走到了河西大桥。走过了桥墩，就看到了那截上桥的楼梯。今天怎么那么快啊？老蔡还没走够呢！沿着那截楼梯朝上看，老蔡看到了桥头的大榕树下，有正在走路的人，也有一些不知道在做什么的人，聚集在一堆。

上！老蔡心一动，脚步就登上了那楼梯。

四十五级！老蔡气喘吁吁地数到最后。心跳有点儿剧烈，他小心地扶着最后一截扶手，站定，喘气，眼睛却一直打量着不远处大榕树下那一堆人。

这个桥头，颇有点儿驿站的味道。婆娑的大树底下，砌了几张石凳子，供路人休憩。有些小摊贩，简易地摆卖些报纸、饮料之类的。老蔡看到的那些扎堆的人，都是些外地人，不讲本地话，讲些口音很重的普通话。他们多半是没什么事情做，或者是等着事情做的搬运工、装修工、清洁工之类的。报纸上说，现在在千江市游走的外来人，虽比不上大城市，但也越来越多。

老蔡走过去，听几个人在吹牛。听了一会儿，好像有点儿明白了，是在说什么东西，真不真，假不假的。

其中一个男人，看老蔡听得感兴趣，就走过来，专门跟老蔡说："老人家，他们在说一块石头，说里边有金子的，扯，谁会相信啊，那么一大坨，也看不出什么金子来，噢，有金子还不拿到黄金公司卖啊？拿来这里卖，你相信不？"

老蔡还没表态，另外一个矮个子男人，看样子四十来岁左右，有一张阔阔的黑脸膛，他接过这男人的话说："噫，可说不准啊，主要是没人懂，上次，我在这里，看一个阿婶买走一根鹿角，八百块，那么贵她都买，她敢买，是因为她懂得那是真货。她说她以前是中药铺的拣药师，识货！要是识货，就知道捡到便宜了！”

矮个子男人这话，遭到好几个人的攻击。那些人穿着旧旧的衣服，有的坐在石凳上，有的蹲在榕树脚下，分别就矮个子的话争来争去。

老蔡下意识地朝四周看，也没看到什么石头啊。

还是那第一个跟老蔡说话的男人，似乎明白老蔡在找什么，他对老蔡说：“那块石头，刚才还在这里摆，现在不知道去哪里了。这几天都在这里摆，有谁要啊，一万块呢！”

“哦。”老蔡随口应了一声。他心想，要是那块石头在这里，他能把它的庐山真面给揭穿喽！

这帮农民工，虽然不懂石头，但是警惕性还蛮高。现在，那个遭到围攻的矮个子男人干脆就被他们认为是“托儿”了。好在，这些人看起来都很熟络，长期在这榕树下混的，所以，矮个子男人见斗不过他们，就嬉皮笑脸地跟他们动手动脚，玩耍起来，一场口舌之战也就嘻嘻哈哈地过去了。

这群快乐的男人，看起来每人都有四五十岁的样子了，还跟小孩子似的玩“打架”，你掐我的脖子，我踹你的屁股，穷开心。老蔡看得脸上也带了笑容。

待了一会儿，老蔡正决定要下桥回家，忽然，一个男人指着远处向榕树走来的一个高高壮壮的男人喊道："石头，石头又来了！"

老蔡仔细看，那男人双手抱着一只包，吃力地走了过来。

看起来，这男人四十岁左右，着一身深蓝色西装。西装男人往榕树下一站，的确就跟农民工很不一样。老蔡一眼就看到他手上那只旧旧的、黄绿色的包，是那种帆布料的，外边涂了防水的浆，整只包硬硬的，所以，西装男一旦把包搁在地上，那包就跟有脚似的，稳稳地立在那里，纹丝不动。

这样的包，老蔡再熟悉不过了，当年他在地质队的时候，每天背在肩上的，就是这种包。在包的外侧，还印着某某地质队这样的红字。老蔡看不到西装男那包的内侧，不确定是不是地质队的包。

接着，西装男又将包里的一个黑包取了出来。

这只黑包一取出来，老蔡不由得心里一颤。呀，这种黑包，正是他们当年在地质队采集矿石标本专门用的！看上去很普通，可是一摸就能感觉到，它不是一般的布包，它是用一种特殊材料制作的，防火、防潮，为了配合矿石的多棱角结构，它做成了特殊的不对称多角形。尽管后来采用了更科学的新标本套，这样的包早已经淘汰了，但是，在老蔡的记忆里，这包就是他的革命老搭档。

老蔡看得心惊肉跳。他目不转睛地看着西装男终于将那块矿石从黑包里扒了出来。那矿石似乎充满了磁性，它都要把老蔡几十年的经验全都吸取了出来，更吸引得老蔡忘记了前世今生般地忍不住蹲下来，想要用手去摸。

“阿叔，眼看手勿动啊！”西装男一脸严肃地制止老蔡。

老蔡像是在梦里被惊醒般醒悟过来，发现自己的脚尖已经快踢到那黑包了，连忙往后退了一步。

“阿叔，识货啊！这石头可不是一般的石头，这石头里有金子。”西装男诚恳地对老蔡说。

打这石头从黑包里露出脸，老蔡就确认它不是一般的石头了。根据他的经验，目测之下，应该是属于矿金石一类的，但究竟这块石头是否真能提炼金，或者说，含量有多高，老蔡还不能确定。

老蔡并没在琢磨这块金石的含金量，他不动声色地盯着那石头，仿佛看到了他的过去。石头变成了他在野外大碗喝酒大块吃肉的那张脸。

西装男当然不知道老蔡的心思。他专为老蔡开始了长长的“卖石演说”。

说实在的，西装男的口才，比老蔡在菜市场见到过的那些卖菜刀、卖魔术切片机和卖打蛋器之类的小贩差远了。看起来，他还不是个“惯贩”。

直到西装男从那只帆布包里取出一沓破旧的材料，展示给老蔡看的时候，老蔡才明白，这西装男还真不是一般的小贩，他是一个老地质队员的后代。他的老爸，就站在他手上那张旧集体照片里，前排左数第六个，一个看起来比他现在年纪还小的男人。

“广西第二地质队第二分队，摄于1975年”。照片头顶上那行白色字是这样写的。

老蔡激动地将照片里的人，一个个地看过去。老蔡一个都不认得，又好像全都认得。

老蔡当然知道，虽然同属广西地质队，但地质队又按地区分，地区里又按分队分，这照片上的人，他们一辈子都没见过。可是，老蔡却在这旧照里认出了自己，就站在前排左侧第一个，身材不算高，但却不瘦，满身力气，朝着前方看不到的未来，露出意气风发的笑容。这个人，当然看不到现在捧着照片看的老蔡，老蔡也不知道他到底是谁，现在是生是死，但是，此刻，老蔡借用了他的躯体他的相貌他的年代，把自己送了进去。一切都如在目前啊！

西装男读不懂老蔡的激动，只看老蔡默不作声，盯着照片看的样子，以为他在犹豫是否该相信自己呈出的这些证据。于是，他又从底下的材料里，抽出了一张破旧纸，递给老蔡看。那是老蔡他们当年在野外临时记录矿石资料的表格，上面记录着矿石的一些基本资料。

“这上边的资料，就是这块石头的资料。我老爸当年从地质队回到地方，身上就背着这块石头和这张资料。”西装男怕老蔡听不懂，又加了一句：“阿叔，你懂吗？这张纸就是这石头的‘出生纸’，这里，你看，这有签名！”

老蔡随着西装男的手指看到，那签名很潦草，连认带猜，老蔡念了出来：“钟——振——峰。”

“对，钟振峰，我老爸的名字，我叫钟洋。阿叔，你看，这个，这个是我的身份证，这个，这个是我老爸的身份证复印件。”西装男把手上的那沓材料，一层一层地翻给了老蔡看。

现在，老蔡已经知道，这个出生于1940年的钟振峰，从地质队分回到千江市下边的一个太平县，在县文史馆工作，一直干到退休，于前年病逝。

这块矿石，仿佛是老钟家的镇宅之宝，不到万不得已，不能外传。眼前这个小钟说，要不是自己儿子得了白血病，需要一大笔钱治疗，他打死都不敢冒犯老爸啊。“阿叔，你想想看，这么珍贵的宝贝，不是拿来救命，谁会拿出来卖？”

听到这里，我们的老蔡慈祥地笑了。在他眼中，这个钟洋，跟一个无知小儿般可爱。哼哼，竟敢在自己面前谈什么宝贝！就这么一块金石，能提炼出一克黄金，就不得了了。不过，很奇怪地，老蔡并没有生起那种熟悉的对奸商的痛恨，他宽容而耐心地看着小伙子的“表演”。在这块矿石和那堆资料的相互指证之下，在那段年轻岁月的召唤之下，更处于对往事恋恋不舍的情感簇拥中，他已经相信，这矿石，就是自己一个不曾认识的老队友，当年跟自己一样，风餐露宿，挖垄道，翻矿石，艰苦获取，并得以辗转留存在人世的一块宝贝。

那些围观的外地人，此刻还不知道，跟他们一起看热闹的老蔡，已经不是一般的旁观者了，他已经被那块宝贝降服。

“一万块？呃，能不能少点儿？”老蔡决心逗这小子玩一下。

话一出口，围观的人都惊异地看向他。

西装男看起来也吃惊不小，停了大约有半分钟的时间，嘴巴才启动：“阿叔，阿叔，你看啊，是这样的，古代有句话说‘宝剑赠英雄，好琴送知音’，我看阿叔肯定是这块宝贝的知音，所谓知音者几何，要不是等着用钱救命，我都可以一分钱不收，可是，这是救命钱啊，阿叔，就当积个德、续续寿吧，您的大恩大德，我和我儿子，还有我那天上的老爷子，都不会忘记的……”西装男按捺不住内心的喜悦，啰啰唆唆，有点儿词不达意了。

西装男那认为快要得手而抑制不住的快乐，以及在老蔡看来比较笨拙的表演，使老蔡产生了一种亲情，他越看，越觉得西装男像是流着他们地质队员血液的男儿，高高壮壮，脸黑亮黑亮，并且，说起话来中气十足。老蔡还进一步想，要是自己有这么一个儿子，绝不会叫他在大庭广众之下出那么大的洋相，这块金石，哪里能值一万块？真是笑掉人的大牙了。不过，现在的人想钱都想疯了，说不定还真有人会相信一块金石就可以炼出一坨金子来呢。

眼看着有了希望，西装男一会儿蹲下扒拉那块金石，指指点点想要给老蔡增加购买的信心，一会儿又站起来，把手上那沓资料重新翻来翻去，想要继续说服老蔡。总之，围着老蔡卖力地忙个不停。

老蔡的心思，此刻已经不在这块石头上了，他更多地在让自己相信，眼前这个孩子，肯定是在生活上遇到了大麻烦。一万块，在这孩子眼里，就是笔天大的救命钱，但是在赵佳露母女俩那里呢，还不够去看望柬埔寨吴高窟那毫不相干的两兄弟一趟。一想到赵佳露母女俩花钱时那种豪迈和洒脱，老蔡顿时就被自己说服了——她们花那么多钱买那么多东西，最终都变成了垃圾，自己买下这块金石，是永远不会变成垃圾的，收藏到下一代、下下一代，再下下一代，只会不断升值。老蔡笃信，只要人类还有一口气在，黄金就绝对前景无限！

这时，西装男终于住了口，四下里，竟然一片安静。包括老蔡在内的所有旁观者，似乎心里都有各自的盘算。

在众人的目光之下，老蔡终于下了决心，买吧，当帮人也好，当给自己以后留个念想也好。反正，这样的东西，除了在这里，确实也没地方能买到，也算是个稀有的宝贝。但是，使老蔡发愁的是，要买下这块金石，自己那点儿“私房钱”显然不够。老婆赵佳露的钱，都存了银行定期，密码他不知道的。女儿的钱更是一点儿缝都钻不进去的。剩下的，只有找女婿了……

站在老蔡身边的其他人更多却在想，莫非，这破石，真能砸出金子来？这老头儿，不会又是“托儿”吧？

总之，大家都在静观其变。

老蔡这一辈子，从没有如此阔绰、迅速地花掉一万大元。当他领着抱着块宝贝矿金的小钟，沿着长长的滨海路走回家取钱的路上，他觉得自己豪情万丈，脚步轻盈，一下年轻了好几十岁。

老蔡先是把夹在书柜底层自己那八千元“私房钱”全都拿了出来，然后，他跑到女婿单位，几乎是命令一般地，向女婿借两千元。

“阿，阿爸，一下子用那么多钱，你没出什么事吧？”屠庆民从没见过岳父这么干脆利落，这么的，呃，富有活力。

“放心吧，不会有事的。你也知道，我轻易不花钱的，我不像她们，我花钱，就要买有价值的东西！放心吧，我这么老了，什么事情没见过，还会受骗不成？”要不是在女婿办公室里，人多不方便说，老蔡都想把这好事情说出来跟女婿分享，先高兴一顿再说！

当着同事的面，屠庆民也不好再多问什么，从抽屉里摸出两千块交给了岳父。

一万块，全部给了那个在小区门口等着老蔡的小钟。

小钟打开那只帆布黄包，又打开里边套着的那只惹得老蔡心情激动的黑包，指指说："阿叔，宝贝归您了，好好收藏啊，拜托啦，谢谢啦，我们一家三代都不会忘记您的大恩大德……"小钟又一连串感恩戴德的话，把老蔡捧得飘飘然。

一直到小钟把那宝贝帮他抱上楼，转身离去，老蔡还在飘飘然。他都能闻得到这黄绿色的帆布包，散发着久远的山峰的气息、树林的气息、溪水的气息，还有松鼠、白兔、山鸡的气息，当然，少不了老蔡年轻的气息，那气息里充满了久违的征服和欲望。

然而，正如这世界上有很多努力，都会是一个空屁一样，又如所有的冒险，有赢但绝对也有输一样，当老蔡从那特殊材料制作的黑包里，小心地将那宝贝取出来观赏的时候，他颓然地发现，这个世界上，所有的努力所有的冒险，都他妈的是一个大臭屁！

老蔡失败啦！——那块石头，像被人施了法术，由刚才那块含金的矿石，变成了一块普通的山石。老蔡的心一阵绞痛。

老蔡对着这块山石，足足生气了半小时——奶奶个熊，好心帮了人，反而还被骗啦？什么世道！什么人啊！

派出所里的那个公安，对从单位赶来的屠庆民说："像你岳父这样被调包的案例，一个月不下五单，尤其在街心公园、滨海路一带，还有河西桥头，作案对象都找这样的老头儿老太太。”

老蔡一见到女婿，像犯了罪似的，急忙将刚才报案时对公安说的话重新又交代了一遍。他是这么说的：“我也不知道自己到底做了些什么，下午散步到西江桥头，被几个人围住，吹了几口烟，之后，做什么都不记得了，回到家，才醒过来，哇，完蛋啦，怎么会那么傻啊，一万块买了这么块烂石头！”

老蔡一脸无辜，无辜到卑琐的样子。屠庆民看得心酸。唉，这老头儿，这辈子，还真没干成过什么大事。屠庆民不禁在心里引用了岳母赵佳露曾经唠叨过的话。

屠庆民怕老蔡太激动，会犯病，快快办完了报案手续，就带老蔡走人。

走到门口，那公安拍拍屠庆民的肩膀，落后几步，悄声说：“那些受骗的老头儿老太太，都这么说，都说自己被人吹了迷魂烟，哪能啊？没看报纸吗？专家已经公布了，根本没有什么能指使人回家取钱的迷魂药，都是他们贪小便宜，不好意思说。”

说完，公安善良地朝屠庆民眨了眨眼，摇了摇头。

在前边蹒跚着朝家的方向走的老蔡，哪里知道，这会儿，自己身体后边长出了一个秘密。

屠庆民和公安，心有默契地对视了一眼。

反正，一万块多半是追不回来了，屠庆民把那块破石头连同那只旧帆布包一起，吃力地推进了床底下。就让这个秘密，睡在他们身下，老死、憋死吧。

吃晚饭的时候，两人也没多说什么。屠庆民在推碗离桌前，觉得似乎应该说点儿什么好，犹豫着，说了一句："阿，阿爸，其实，其实，赚钱的方式有很多种……"

没等他把话说完，老蔡就打断了他："懂，我懂！"这短促的几个字，就像最后的一张封条，把这个秘密严严实实地封锁了起来。此后，再没有人提起过这块石头。

四

爬进七十岁这道坎儿，老蔡偷笑着领过老天爷赏赐的红包之后，渐渐领悟到，老天爷的赏赐并不是无偿的，老天爷正悄悄拿走老蔡的记忆做交换呢。老蔡不明白老天爷要自己的记忆干什么用，那些过去的事情，既不值钱又没作用，就连说出来都没人爱听的。然而，老蔡的记忆还是像黑夜里的点点繁星，逐渐被蔓延过来的乌云遮盖住了，人们轻易是看不到乌云在黑夜里作怪的。

老蔡变得丢三落四，跟前的事情就像一条条被鱼鹰叼住的小泥鳅，转眼之间就滑进了喉咙下的皮囊里，若隐若现。

接着，老蔡对一些惯常的事情也记不住了。比方说，洗漱的时候，他会对着两只杯子两根牙刷发问："到底这红杯子黄牙刷是我的呢，还是这蓝杯子绿牙刷是我的？"杯子和牙刷不会回答呀，他就拎着杯子牙刷跑出去找赵佳露。赵佳露听到老蔡这种愚蠢的问题，语带讽刺地告诉老蔡："那蓝杯子和绿牙刷，天天在你嘴巴里跑进跑出，我都听到它们在喊你了，你没听见吗？"这话一说出来，大家都笑了。女儿还逗老蔡，学着卡通里的配音喊："老蔡老蔡，我是你的瘦子牙刷啊！老蔡老蔡，我是你的胖子杯子啊！"老蔡被嘲弄一番，很是不高兴，脾气一上来，狠狠地把杯子牙刷都砸到了地上，指着赵佳露斥骂："你，你，真不是个东西！合着别人来整老子，奶奶个熊！"说完，翻箱倒柜地非要找出一套新的牙刷杯子才肯漱口。

老蔡曾几何时发过那么大的脾气？而现在，发脾气几乎成了老蔡的家常便饭。一个羔羊性格的人，老了老了，居然还能变成猛虎？一座山，不，是一座假山，忽然在某一天爆发了火山，喷岩浆了。这怎么可能呢？

一段时间以来，赵佳露和女儿女婿会在老蔡的某一次发脾气后，背着老蔡开小会，作为家庭课题来研究。这样的小会开多了，老蔡就犯疑心，觉得这三个人背着自己，肯定是在讲自己的秘密。所以，只要看到这三个人一起说话，老蔡就特别紧张，变得神经兮兮的。有天，老蔡散步回来，开门看到小饭厅里，三个人坐得整整齐齐，每人跟前还放了一杯水，在热烈讨论着什么。老蔡听到言语间提到了自己，女儿蔡文静就拿着笔在做记录。三个人一见老蔡走进来，话语明显就稀少了下来。老蔡断定，他们又在说自己的秘密了，不仅说，还记录下来，像做调查录口供一样。老蔡那个气啊，气得心扑通扑通地在里边跳绳，他连声大骂："你们，你们这帮鸟人，竟然背着我搞阴谋，要诬陷我，啊？啊？"老蔡气得语无伦次，径直走向老婆赵佳露身后，对着赵佳露的脑袋一巴掌就抡了过去。老蔡认定，赵佳露是这个小集团的头目。

这一巴掌，把赵佳露打得天崩地裂，大哭大闹。她发誓要跟老蔡离婚。她哭着说，老蔡变态了，发神经了，她是不会跟一个老神经病过下去的。她还说，像老蔡这种窝囊废，一辈子屁事也做不成，她早就看穿了，那年老蔡偷金矿，没被炸死，其实早把神经给炸坏了，炸成神经病了，可怜自己忍受了一个神经病那么多年……老蔡一见赵佳露那撒泼的阵势，天不怕地不怕，居然口不遮齿不拦地说起了那次矿难，他立即像从梦里醒回了现实当中，对刚才自己那激动的一巴掌懊悔不已。

老蔡自认为掩藏了多年的秘密终于暴露了！他又羞又愧，没再多说一个字，也没再看这三个人一眼，颓丧地走回了自己的书房，并且，彻底地把这些哭哭骂骂的嘈杂声音反锁在门外边。老蔡久久地坐在椅子上，低头看着书桌的玻璃板下长年压着的那些照片。其中有一张，被好多张照片盖在最底下，仅仅露出了一小半，是老蔡当年跟地质队友爬上猫耳山的合影。露出来的那一小半黑白照，偏偏也有老蔡——他照相总是自觉地站在最边上，中间正对镜头的位置，他永远都不敢站，一贯如此。老蔡张了张嘴，试图跟那个年轻的老蔡说话。他问他："你告诉我，这后边活下来的几十年，到底有什么意义？""是啊，没意义啊！有个鸟意义！"老蔡自问自答着，又摇头又晃脑，心里怪委屈的。

老蔡的那一巴掌，使赵佳露的晚年生活留下了后遗症。她不时地会在某一个瞬间，耳朵里发生一小阵嗡鸣，让她猛然感到世界这只大钟突然停跑了一下，听不到任何声音，也想不起任何事情，甚至连知觉都不在了，那种感觉，赵佳露说，就像忽然地"灵魂出窍了一下"。更令赵佳露感到可怕的是，这样的"灵魂出窍"，是没有任何预兆的，说出就出，说回就回了。蔡文静带着赵佳露找了不少医生，都得不到什么有效的诊疗，开回来的药，不外是什么谷维素、镇定药之类的。赵佳露跟人说起老蔡那一巴掌给她带来的这种神秘的感觉，无人能体会得到，在别人同情她安慰她时，她顿时眼眶红红地，叹一口气，说："唉，我的命真苦啊，这死老头儿，这辈子没给过我什么好东西，就给了我这一巴掌……"说着，眼中就有泪光了。

经过这一闹，老蔡再不理会这三个人，更不愿意参加什么家庭活动，甚至，连门都不想出了。不知道从什么时候开始，从老蔡那总是紧闭着的书房里，传来了乒乒乓乓的敲击声。除了吃饭休息之外，这些乒乒乓乓的声音总会准时响起，时而是集中的一阵，时而是零星的几声。蔡文静打开老蔡的书房门，一看，哇，整个书房，就像一个加工作坊，老蔡正全神贯注地用一些铁锤、钻刀之类的工具，折腾一块石头呢。后来，屠庆民才知道，老蔡居然从床底下找出了那块一万块钱买来的石头，敲敲凿凿，也不知道想干什么。蔡文静一再地追问这块石头的来历，屠庆民就将老蔡那次上当受骗的经历告诉了蔡文静。蔡文静听了之后，又好笑又好气，说："哈哈，没想到啊没想到，我老爸其实也爱贪小便宜的呀！"

老蔡的日常只剩下了凿石头。他从那块大石头上，每天凿下一小块，然后用刀在上边刻啊、雕啊、磨啊，做出各种形状的小东西来。在他的书架上，已经摆了一溜这些石头做成的小玩意儿，一只小白兔、一只小鸡、一只小南瓜……手工不是太好，但是，仔细辨认，还能辨认得出老蔡当时的意图。当然，老蔡偶尔也有神来之笔。有只小猴，不知道怎么弄的，居然弄出了一条弯曲生动的尾巴来。屠庆民趁老蔡午睡的时候，溜进他的书房里，逐个看，就对这只小猴赞赏有加。他对赵佳露说："阿妈，你看，这只猴子，要是再打磨打磨，怕也能成为一件卖钱的艺术品哩。"赵佳露虽然对此很不以为然，但是这段时间，老蔡完全沉迷在自己的石头世界里，不再乱发脾气不说，摆弄起小石头来，跟个小孩子一样认真。她自然也对这老头子气不起来了。

赵佳露以为老蔡玩石头，就跟别的老头儿一样，没事在家练书法画丹青，起到修身养性、消磨时光的作用，没想到，老蔡玩石头却玩痴了，走火入魔了。某一天，赵佳露发现老蔡已经不满足于在书房里玩那块大石头，他居然跑到阳台上，把赵佳露那些花盆，一只只翻得底朝天，从泥土里扒拉出一粒粒黄色的小石子，擦擦洗洗，乐颠颠地捧回书房里，存放起来。

又有一天，老蔡找到一根布条，把手电筒绑在自己的额头上，做成矿灯，然后把整个身子探进床底下、柜子底下，这里掏掏，那里摸摸，翻拣出一些脏兮兮、布满尘埃的旧东西。他用手电筒照着这些被他拉出来的旧物，吃力地逐一辨认着。有次，他还摸出了赵佳露多年前的一条小花裤衩，他看来看去，终于认出来，马上立功似的送到了赵佳露的跟前。赵佳露看到这条灰突突的小花裤衩，百感交集。这条花裤衩，还是自己当年没绝经的时候穿的呢，那个时候，自己是中码，现在，都穿“XX”码了。这条花裤衩弄得赵佳露心里伤感得要命。老蔡在屋子里，总能翻拣出些有纪念意义的东西来，老蔡不一定能记得，但是，赵佳露却记得清清楚楚：一只蔡文静小时候玩的陶瓷公仔、老蔡戒烟前赵佳露买给他的一只小烟斗、一只生了锈的百雀灵雪花膏小铁盒、一瓶当年老蔡从地质队带回来的蛇酒……老蔡就像朝往事的海洋撒出一张渔网，拖出了赵佳露一连串的唏嘘感慨。

老蔡活得越来越像个小孩子啦，不时会做出些让人莫名惊诧的事情来。他会手拿一把螺丝刀，将厨柜上、化妆台上的一粒粒小铜钉，很有耐心地起下来，放进自己的口袋里，不时地取出来把玩；他还会趁人不注意，跑进赵佳露或者蔡文静的大衣橱里，用剪刀把衣服上的纽扣一颗颗地剪下来……这些反常的举动，总是会在蔡家引起一阵疯狂，让蔡文静和屠庆民不得不接受了赵佳露的观点——老蔡真的发神经了！

最后，老蔡就真的变成个小孩子啦。他既认不得过去的老领导老同事老邻居，也认不得整天出现在自己跟前的那三个人。那三个人，隔三岔五地跑过来，哄小孩子一样地问自己："你知道我是谁吗？"他觉得烦死了。

有一天，老蔡竟然不见了！赵佳露晨练回来，找遍了几个房间，都没发现老蔡。一直过了午饭时间、午睡时间，老蔡还没见影，她慌了，打电话把女儿女婿叫回家，一起出门找老蔡。三个人沿着小区外的滨海路找，一直找上河西大桥，过了河的对岸。河的对岸是千江市的开发新区，楼高人多，老蔡真要是跑到这个区来，那简直就是大海捞针般难找啊！

三个人找来找去找不见，终于意识到事情的严重性了，赶快报警。在三个人忧心忡忡着折返回家的路上，还是赵佳露眼尖，远远地发现有个人正坐在河西大桥的桥墩底下。那人可不就是老蔡嘛！三个人兴冲冲地朝桥墩跑去，果然看到老蔡在一个下水沟边坐着，正用一只小镜子，朝黑漆漆的水沟里照来照去。阳光在镜子的反射之下，照得暗处金灿灿地发亮。老蔡一看见赵佳露他们走近，就兴奋地咧开嘴嚷了一句："老婆，老婆，这里，这里有金石，快来挖！"赵佳露听老蔡这么喊自己，觉得老蔡又认出了自己，顿时有一种失而复得的感觉，流下了两行热泪。

回到家，赵佳露赶紧拿出了针和线，在老蔡的每一件衣服上，绣下了两行字：

蔡冬生，千江市民主路 96 号滨海小区 3 栋 501

189223×××××

屠庆民看到这两行字后，沉思了一下，提了个意见："恐怕这后边，还要加上两个字：面谢。"女婿的意见，简直起到了画龙点睛的作用。赵佳露赶紧又逐一在每件衣服上补上了"面谢"二字。赵佳露的手工一贯做得不错，这几行字，被她工整地绣在衣服的左胸口上，也不觉得难看。

这样，老蔡每天都穿着自己的家庭地址、电话号码在身上，即使走到天脚下也不怕丢啦。赵佳露退休前在千江市汽车总站的行李寄存站工作，她再明白不过了，检查每一个寄存的包裹，只要把地址、电话两样都查清楚了，保证万无一失，就算长时间无人认领，她都有办法把包裹送走，并且索取到标准的费用。现在，老蔡对于赵佳露来说，可不就是一只寄存在人世间的大包裹吗？

然而，没过多久，失而复得的老蔡又开始打老婆了。没有任何事由，也没有任何预兆地，老蔡有时看到赵佳露，会对她骂骂咧咧，骂的内容，因为口齿极其不清晰，也难以听辨，搞得赵佳露回嘴都没法回，莫名其妙地被臭骂一顿。要是老蔡骂得不过瘾，还会随手抄起一根棍子，朝赵佳露就要挥过去。老蔡不打别人，只打赵佳露，所以，赵佳露笃定老蔡是故意的，他压根儿就会认人。

“天啦，我不要活了，在这个家，有他没我！有我没他！”实在忍受不下去了，赵佳露哭哭啼啼地对女儿女婿下决心。

哭着哭着，赵佳露似乎恍然大悟，记起了很多往事，悲切地说：“我早该知道，老蔡早就不想跟我过了，早就恨我了，三十多年前那次矿难之后，回家时他就说要搬出去住的！”

赵佳露这一哭一闹，弄得大家也不知道怎么应付，只好劝慰她说：“阿妈，你不要跟阿爸计较，他现在患上阿尔茨海默病了，哪里认得你？他哪里知道你是他老婆？”

“他哪里会不认得我？一起生活了四十多年了，他会不认得我？说出去别人都会笑掉大牙啊！”赵佳露始终觉得老蔡是在装疯卖傻。她提醒女儿女婿，上次在河西大桥找到老蔡的时候，他还“老婆，老婆”地叫自己呢。

屠庆民为了说服赵佳露，给老蔡做了一次测试。晚上，他把老蔡拉到饭桌前坐下，像过去的某一个晚上一样，两人分喝了两碗汤。屠庆民跟老蔡东拉西扯一会儿后，故意压低了声音，问老蔡：“阿，阿爸，那个老六说要来看你，你要不要见他？”老蔡正舀着汤的手马上停在了半空中，偏着头细想了一下，问：“老六？哪个老六？”屠庆民忙回答说：“老六啊，地质队的老六你不记得吗？就是那个负责填炮泥的呀，他那次没去，换了你，害了你，你忘了？”屠庆民不断地提示老蔡，还把老蔡过去跟自己讲的地质队的事情搬回来引导了一遍。这样，老蔡似乎有了一点儿记忆。屠庆民再次问起老六的时候，他显得不那么迷惘了，说：“噢，那个老六啊，最没义气的就是他啦，他还敢来见我？”

“是嘛，我都跟他说你不会见他啦，他硬是说要来，还说要来向你道个歉！”屠庆民信口开河了起来。

“哼，来嘛，老子天不怕地不怕，还会怕他老六？”老蔡脸红红的，有点儿兴奋，“叫他来，叫他来，老子就等着他，奶奶个熊！”

屠庆民离开了一会儿，把赵佳露带到了老蔡跟前，说：

“阿，阿爸，老六来看你啦！”

老蔡抬头看着赵佳露，眼神里尽是疑惑，左看右看，忽然爆发出一阵笑声：“哈哈哈，哈哈哈，她是老六？坑人的，坑人的！”然后，又马上收敛住笑，转过身去，严肃地跟屠庆民说：“她不是老六，你抓错人啦！”

一时间，屠庆民和赵佳露的心都像油灯的火焰，意外地跳了一下。

“她不是老六？那她是谁？你认识她吗？”屠庆民紧张地问老蔡。

老蔡端详着赵佳露，从上到下。那目光把赵佳露直看得全身发毛，好像无端端被一个陌生人盯住了。

“嗯。”老蔡的神色很是凝重，像是在鉴定什么，又像是试图在记忆里努力捞救出些什么东西，艰难地说了一句：“我看，这个同志很面熟！”

话音刚落，屠庆民和赵佳露便同时呼出了一口长气。

不管认不认得人，打老婆的老蔡，实在把整个蔡家搞得鸡飞狗跳。最终，患上阿尔茨海默病的他成了这个家庭的弃儿——在过完农历新年后，老蔡就被送进了市中心的一家养老院。蔡家的生活才免去了一惊一乍。

有天晚上，屠庆民照例应酬到深夜回家。刚才饭局上那个要把儿子办进他们电力局的银行副行长老范，塞了只颇有厚度的信封来，还另外拎了几罐龙井茶，吩咐说：“这是顶级的新茶，回家，最好马上放进冰柜里，受潮就可惜了。”

屠庆民的书房里，有个专门存名酒的酒柜，也有个专门存放好茶的冰柜。好东西，第一时间就请进去。当他心情愉快地把这几罐龙井茶请进冰柜的时候，忽然发现，冰柜的右侧角落里，有一个黑塑料袋，看上去不像茶叶，也看不出是什么东西。于是，好奇地拿了出来，解开，一看之下，忍不住一顿爆笑！

原来，袋子里整齐地摆放着三块光滑的鹅卵石，在每块石头上，分别整齐地贴着三张便条，每张便条上，都是老蔡的字迹，仔细一读才知道，是每块石头的鉴定，记录有石头发现的时间、地点、重量、含金纯度等简单资料，最底部，还很规范地签上了老蔡的姓名！这三块石头，屠庆民一看就知道，是老蔡从小区的喷泉池里摸回来的。

屠庆民笑得气都喘不过来了。

嘿，嘿，这老头儿，真的是想金想疯啦！

等屠庆民独自笑够了，才拎起那沉甸甸的黑塑料袋，扔到屋外的公共垃圾桶里。当屠庆民转身要离开的时候，望着躺在一堆秽物当中的那三块石头，不知怎的，竟有一股睹物思人的酸楚涌进了他还带着酒气的鼻腔内。

翻　墙

陆老师终于在阳台上看到了新租客。大楼的保安一个多月前就告诉他，隔壁那个做推销的女人终于搬走了。过了半个月，又告诉他，隔壁租出去了，好像是在阿里巴巴上班的。陆老师心宽了。不管来的是谁，只要不是那个来敲门的女人，都好。陆老师和他的老伴儿，都不希望隔壁住着一个随时会来敲门的邻居。

在这栋大楼里，201 和 202 挨得最近。当初决定买这套房，陆老师唯一觉得遗憾的就是跟隔壁挨得太近。只要轻松地翻过阳台栏杆，穿过那条一米多的廊道，就可以坐到别人家的阳台上喝茶，如果那里的阳台门没关，就可以走进去，坐到别人家的沙发上，甚至坐到别人家的马桶上。三楼以上的房子，一梯四户，东南西北，楚河汉界，分割得很自然。二楼因为是最低层，考虑到难以出售，建筑设计师为了惠利买家，整层只隔出了三套，一套东南朝向的大房，两套西北朝向的小房，这两套小房可以共享大楼一个五十平方米的露台。他们挑了 201。202 不知道后来被谁买走了，租客换了一个又一个。

新租客还像个大学生的模样。陆老师看到他在阳台出现的时候，他其实已经搬进来快一个月了。

“是个孩子。”陆老师对老伴儿描述这个阳台上看到的新租客。两人都松了一口气。“他是不会来敲门的。他连阳台都不怎么去。”陆老师让老伴儿看隔壁的阳台。除了晒着几条内裤、几双袜子，阳台上冷清清的，唯一热闹的是地面那几串脚印，盖在厚厚的灰尘上。

这样，陆老师和老伴儿可以舒适地坐在阳台上对饮茶，可以面朝露台上他们用各种植物搭起来的“绿地”，安静地做一套完整的八段锦。而在做这些的时候，不会冷不防地传来那个女人的声音：“爷爷奶奶，你们可以试一下我们公司新研制的养生茶。”“爷爷奶奶，明天我给你们送一套拉筋凳，对颈椎腰椎很有效，免费试用三个月哦。”……

相反地，因为隔壁太安静了，陆老师对那个阳台反而起了好奇心。他会很长时间坐在阳台的藤椅上，或者爬下自己加装的那几级铁梯子，走到露台上去，给“绿地”里的植物浇水、捉虫子，他的耳朵和余光都在等待那里有点儿动静。

一个午后，陆老师坐在藤椅上，喝他午睡之后第一口醒神茶。他又看到了他。他手长脚长，站在阳台上伸懒腰，扭动了几下身体，并发出些咿呀声，就像清晨还在被窝里开蒙的孩子。陆老师心里长出了一双手，去轻轻拍打那孩子的脸。

“爷爷，你好啊！”

那孩子好像心情很好，突然开口，陆老师被骇了一下。

“爷爷，那些是你种的？”还没等陆老师回答，那孩子又问，“那是南瓜？南瓜爬上的杆子边，那几棵高高的树是什么？”

“那不是树，是秋葵。可以吃。”陆老师咧开嘴笑了，认定这是个急躁的孩子。

“噢，那就是秋葵啊，没见过。”那孩子认真地看着那几棵高高瘦瘦的“树”。

“孩子，你今天不上班？”陆老师不想就此结束他们的对话。他好不容易才等到他。

“我靠，周末欸，只有门卫才上班。”

“噢，今天是周末。我都不记日子的。我们每一天都是周末。”

“唉，真羡慕，不知道什么时候才能退休。”那孩子的脸现在正对着陆老师了。

他们都站到了阳台的栏杆边。这是他们最近的距离了。

“哈，退休？”

陆老师顺着跟那孩子谈起了他的工作。

“我在阿里巴巴上班。”那孩子隐藏不住得意又加了一句，“我的老板很有名。”

“哦，哦，阿里巴巴。”陆老师其实并不很清楚他的工作状态，他尽量很肯定地点了几下头。

聊天快结束的时候，陆老师客套两句：“有空来玩啊。”

那孩子瞄了瞄陆老师阳台上那两张藤椅，调皮地眨了眨眼睛：“很简单，翻一下栏杆就过去了。像过马路一样。”

“这小徐蛮好玩的，说话像炒黄豆。”跟那孩子在阳台上的每一次聊天，陆老师都会向老伴儿汇报。

跟陆老师不一样，老伴儿不常到阳台去，她最喜欢坐在卧室那间向阳的窗台下，低着头绣十字绣。家里每一面墙上都挂着老伴儿的杰作，山水、花鸟、书法，类型不一，复杂程度也不一。眼下，她在绣一张桌布，图案是“天女散花”，看得陆老师眼晕。陆老师从不去干涉她，就像十字绣是她的信仰，她在某种坚信里获得了暮年的强力支撑。

他们对这个新邻居很满意。他从没麻烦过他们，既没有让他们帮签收快递，也没有进门来翻过阳台回家找钥匙。他真的从来没敲过他们的门，一次都没有。

陆老师有一次说起，竟然有点儿失落了：“这个小徐工作太忙了，他看起来只懂得叫‘芝麻，开门’。”失落的感觉，是伴随着隐隐的希望而生的。那么，陆老师的希望是什么？

过去的多少年来，陆老师和老伴儿都希望能听到敲门声响起。最早的时候，他们希望他们的儿子敲门。那个清瘦得稍微有点儿驼背的儿子，背着行李站在家门口，连拍门带喊叫：“爸，爸，妈，妈。”这个情景一度成为幻觉、幻听，后来变成了梦境，噩梦般拍醒他们。不记得有多少次了，他们从梦里醒来，觉得现实比梦残酷得太多。渐渐地，他们希望能听到邮差的敲门声，好让他们能从字里行间找到那个清瘦得稍微有点儿驼背的儿子。最后，他们希望能有谁来敲门，是的，不管是谁，来跟他们说说，有关儿子在那个夏天的一些事情。可是，二十五年过去了，他们的儿子，留在了他二十四岁的那个夏天里，他的模样、声音、呼吸，都不曾有半点儿改变。“爸，暑假不回去了，我跟同学留在这里。”儿子就真的留在那个暑假了。

没有人来敲他们的门。现在，陆老师和他的老伴儿，最害怕听到敲门声。他们之所以卖掉老房子，搬到近郊，与其说是为了躲清净，不如说是为了躲那些希望中的敲门声，或者说躲那些幻觉里的敲门声。二十五年过去了，他们现在最需要肃静。他们经历了震惊、哀恸、疑惑、绝望，如同已经经历了生、老、病、死，他们在已经毫无意义的生活里摸索到了与儿子最近的距离——肃静。肃静里能看到儿子的脸，肃静里能听到儿子的声音，肃静里能知道儿子的方向，甚至，在这绵长的肃静里，他们能背出儿子曾经写下的从未给他们读过的诗句。

“你看，那朵睡莲在发光。”陆老师躺在蚊帐里，指着墙上那幅十字绣。

“黑咕隆咚的，你看到那花了？”老伴儿也盯着墙上的那个位置。

那个位置，天亮的时候，的确是有一朵洁白的睡莲，但现在什么也看不见。

要不是那个爷爷跟徐梦龙说，他有个跟他一样大的儿子，徐梦龙不会想到阳台上去站站，那里连一张板凳都没放。

“我有个儿子，就是你这个年纪，二十四岁。”

徐梦龙看着这个白头翁爷爷。跟自己老爸相比，他老得不是一星半点儿。“那么爷爷，我该喊你叔叔还是什么？反正好像不能喊爷爷吧……”

陆老师一时不知怎么回答。他从没想过这个问题。留在记忆中的儿子不会长大。事实上，他跟眼前这个孩子的确整整差了一辈，可是，他又该怎样去跟这个孩子说说中间那消失了的一辈？

“我姓陆，你可以叫我……”

“老陆？”徐梦龙没等陆老师说出口。工作之后，他总是喜欢“老徐老徐”地喊他老爸。

“呃，你可以叫我陆老师。退休前，我教数学。”他只是个小学老师，教简单的加减乘除和应用题。认识的人这么叫他，只是出于他的职业，而不是别的。儿子出事之后，老伴儿一直鄙视他，自己的儿子都没教好，还算什么老师？这是陆老师身上的一颗子弹，藏于此，伤于此，痛于此。他只是个教基础数学的小学老师，负责任地把儿子的功课辅导得工工整整，直到把他送入清华大学。他从没告诉过任何人，对儿子他早就看不懂了。他也看不懂这个世界，因为儿子消失在了这个世界里。

等到徐梦龙下一次再问起他儿子的时候，陆老师就郑重其事地吩咐徐梦龙，关于他儿子的事，别跟任何人说。他还让他明白，这个任何人也包括自己的老伴儿。

徐梦龙很懂事，的确没再提。过几天，他忍不住给他老爸打电话："老徐，告诉你一个八卦啊，我隔壁住的那个老爷爷，有个跟我一般大的儿子，私生子欸，把老奶奶都蒙在鼓里。""瞎讲。你怎么知道人家的私生活？"听得出来，老徐其实很感兴趣，不过，关于那个私生子，徐梦龙知道得没有更多了。"老徐，很羡慕吧？你啥时也给我整个弟弟出来，我一定负责好好虐待他哈。""什么乱七八糟的，我警告你，自己一个人在外边住，可别乱来啊……""老徐，你是想说乱搞吧？"于是，老徐在电话那边，开始了他漫长的训话。徐梦龙故意惹他，因为只有这样，老徐的话才会多起来。不知道是不是距离的缘故，徐梦龙现在开始有点儿舍不得老徐挂断电话。

从小到大，徐梦龙就被老徐像教训员工一样教训，也不管他是否能听进去。在整个训话过程中，只要徐梦龙中途提出一句异议，都会让老徐气急败坏，仿佛他讲的那些大道理，是用纸皮糊起来的墙，一戳就担心破。徐梦龙自认长大成人的一个明显标志是，他开始在心里嘲笑老徐那一套，不仅嘲笑，还觉得那个气急败坏的老徐，实在像个可爱的大傻帽儿。

第一次徐梦龙跟着陆老师爬下那几级自装的铁楼梯，到露台的“绿地”上摘秋葵。他们聊了很多，都是关于老徐。

“老爸去年刚做了五十大寿，那时我还在见习期，头一回领工资，几乎把所有积蓄都花光，给老爸买了台苹果一体机。”徐梦龙得意地向陆老师炫耀。看得出来，陆老师并不太了解什么苹果一体机。“一万三千多呢。”徐梦龙及时地补上了一句。

“噢，这么贵啊。”陆老师的反应让徐梦龙很满意。他兴致很高地给陆老师详细解说了一下那台苹果一体机的好处。陆老师听不太懂。他只知道，电脑是用来上网的，而网上什么东西都有。他只在手机上上过网，是那年在电信局缴手机费的时候，年轻的营业员捣鼓半天教会了他，还负责任地把上网的方法写在一张小纸片上。那张小纸片一直夹在那本薄薄的电话本里，好几次老伴儿搞卫生，从沙发的缝隙里捡到了它，又把它夹回去。

“小徐，你爸爸是做什么的？”

“很早以前是公务员，后来做小老板，没多少钱。我老爸赚不了大钱，胆子太小。”

“做什么生意呢？”

“开打印店，兼设计招牌、海报之类的，好在他做得比较早，在我们老家几所大学的附近，开了五家分店。你知道的，做学生生意比较保险。”

“那他应该很忙吧？都没空来看看你。”

“每天发微信，烦都烦死了。他其实也没那么忙，都有店长在管理。他有空就上网，看论坛，嘿嘿。”徐梦龙忽然凑到陆老师跟前，低声说，“告诉你啊，我老爸最喜欢‘翻墙’出去看论坛，化名跟帖，在上面骂这个骂那个，他以为我不知道。连我老妈都知道。‘往事如烟’，起个这么恶心的网名，笑死我了，呵呵呵……”徐梦龙高声爆发出一阵狂笑。

“‘翻墙’是什么？”陆老师觉得这个老徐的确有点儿好笑。

“‘翻墙’你不懂？”看起来，上网是徐梦龙的兴奋点，就像有谁朝他喊了一声：“芝麻开门！”他的大门朝任何一个人敞开了，即使面朝着一个快八十岁的老爷爷。

本着一个小学数学老师的逻辑功底，陆老师从小徐啰里啰唆并夹杂着很多听不懂的词语中，迅速理出了一条关于“翻墙”的应用题——

问：你要寄信给某人，地址、门牌、收件人都写清楚了，但是邮差告诉你，此地址无法投递，原因有多种，地址出错、查无此人，甚至邮差休假……总之邮差就是不帮你送达。那么，你该怎么重寄这封信？

答：翻墙。就是从围墙翻出去，绕过通常路径，走一条少有人走的羊肠小道，目的在于绕开邮差官道。

“正确，加十分！”徐梦龙没想到陆老师这么容易就听明白了。

“可是我从家里寄信，为什么要翻自己的墙出去？难道不是翻进对方的墙里送信？”

“呃……”徐梦龙被问住了，他的眼睛转了好几下，也没搜索出答案，“嘿，也就是打个比方嘛，说白了，‘翻墙’就等于不从画好的斑马线上过马路，而是抄近道跨栏杆，被交警逮到是要罚款的。”

陆老师点点头，转过身去，在那片“绿地”的瓜棚下，走过来走过去，就好像在检查他的劳动成果。

徐梦龙跟在他身后，还在无休止地唠叨着关于“翻墙”和他那个爱在网上骂人的老爸。在一株秋葵前停下那一刻，陆老师听到徐梦龙最后说了一句：“老爸其实还是个愤青，一个愤青大傻帽儿。”

“大傻帽儿？”陆老师忍不住笑出了声，又赞同地点了点头，仿佛他见过并且认识老徐。

陆老师一笑，徐梦龙显得很兴奋，一下将一颗成熟的秋葵拧断了，两只手上顿时沾了些黏黏的汁液。陆老师赶紧让他用肥皂冲洗，他知道，那些迫不及待流淌出来的汁液很快会产生奇痒无比的后果。那种难受的滋味，他尝过。

是不是这个年纪的孩子，都会那么急躁？因为急躁所以才显得胆子大？陆老师想起了自己的儿子。记忆中的那个孩子，一点儿都不急躁，似乎还遗传了自己的慢条斯理。每晚临睡前，会自己将书包和衣服理得整整齐齐，每天放学回家，会自觉地写好作业，然后捧起一本比他脑袋还大的书，慢慢地一页页翻看。读大学之后，放假回家还懂得安安静静地帮老伴儿择豆芽，剥毛豆。儿子一点儿都不急躁。可就是这样一个安静的孩子，竟然会闯祸。

陆老师戴着手套，用剪刀慢慢将那些饱满的秋葵剪下来，并将它们整齐地排在篮子里。

“网上说，秋葵能壮阳呢。你看，它们像不像一颗颗子弹？”徐梦龙使劲挠着那几根已经发红的手指。那些汁液终究还是弄痒了他。陆老师的心情变得有点儿糟糕，没再接话，任那孩子蹲在他身边自言自语。

“陆老师，我有一个问题。为什么秋葵不是秋天生的？”这个多话的孩子并没觉察到陆老师的心情，没头没脑地还在问。

“是啊是啊，秋葵为什么会在夏天生？”陆老师抬眼望了望天空，六月的太阳烈得像一坛刺鼻的劣酒，危险，还比任何季节都接近人，“这他妈的该死的夏天！”

陆老师这两天没坐到阳台去。国庆黄金周，隔壁的阳台上挂出了一件胸罩，以及一条比巴掌宽一点儿的小短裤。陆老师还听到了他们在阳台上嬉闹。那女孩儿的声音很尖，可以钻到陆老师的卧室里去。

“徐梦龙，那些是什么树？”

“壮阳树。”

“神经病！”

女孩儿笑得一点儿不含蓄。陆老师猜她很年轻，也许还很瘦，因为只有瘦的人，声音才会那么透亮，仿佛从鼻腔到口腔到胸腔是三间空荡荡的房间。陆老师一直听着他们的嬉闹声渐渐远去，直到消失。他并没有出去跟他们打招呼。现在，在自己和那孩子之间，出现了一个外人，陆老师感到有点儿不适应，就像他不愿意自己的那片“绿地”有谁闯入。上一次，住在楼上的一个胖女人，从大楼的消防通道爬上了露台，像个观光客，对陆老师问这问那，甚至指出了他种的那些西葫芦和洋葱，要施点儿“大肥”，因为“大肥”是还魂土，可以把奄奄一息的植物救活。她最终被陆老师无礼地“送客”了。

后来，阳台上的嬉闹声没了。如果没猜错，那孩子一定是跟女朋友出门旅行去了。那只鼓鼓的胸罩和那条薄薄的小短裤一直晾在那儿没人管，即使在一个傍晚，狂风大作，也没有人出来收下。

无端端地，陆老师对那个出门的孩子有了些记挂。普陀山刮起了几十年难遇的台风，那孩子会不会被关在岛上了？张家界发生了山体滑坡，那孩子在不在山上？内蒙古机场被沙尘暴袭击，乘客被迫滞留，那孩子是不是乘客当中的一员？电视上每一条不好的新闻，陆老师都担心跟那孩子有关。

“你最近怎么啦？”老伴儿邀请他到阳台上喝茶。

“大概出门旅行去了。第四天了。”陆老师指指对面，对老伴儿说。

老伴儿背对太阳坐。只有在绣十字绣的时候，她才会坐在太阳的眼皮底下。她的脸陷在一种含混的暗光里，而满头的白发却完全暴露在阳光中，那里几乎找不到一根黑的。

老伴儿好久都没说一句话，但陆老师知道她肯定要说的。这么多年来，他们的上一句和下一句总会隔着相对长一点儿的时间，先是出于谨慎，现在，陆老师觉得他们是因为迟钝。

“想儿子了？”老伴儿脸上细密的皱纹堆起了那些熟悉的忧伤。

“儿子？跟他一点儿不像，他是个外向的人。”陆老师仿佛看到了儿子，高瘦得略带驼背，头发几乎要披到肩上了。

“说不准。儿子其实也有外向的一面，你不记得了？幼儿园那个秦老师说，我们儿子在小朋友中间很有号召力。”老伴儿抿着嘴笑了笑。陆老师也想跟着笑一笑，但他没能做到。这个时刻他特别想哭。

“我们要不要也出门，去旅游？”陆老师不想再提儿子。

老伴儿沉默一小会儿，回房间了。

陆老师其实只是随口说说，旅游这个念头他此前一直没有。退休之后，他和老伴儿只出门旅游过一次，跟着旅行团，港澳台七天六夜游。第一站是香港。第一个晚上是看维多利亚港夜景。码头上人山人海，都是来排队看夜景的。他们两个一度被人群冲散，好不容易在导游旗子的引领下才会合。游船久等不来，他们被挤在人群中间，变得很烦躁。那些跟他们一样来看夜景的游客，不是拖儿带女，就是携父拉母。也许是这些人刺激了老伴儿，她哭出了声。陆老师腾出一只手，轻轻拍打着她的背。渐渐地，她控制不住了。她开始放声大哭，一边哭一边朝陆老师大喊着：“我们的儿子真的死了，我们的儿子真的死了……”陆老师劝都劝不住，试图抱着她的头，试图让她的头靠在自己的肩膀上。可是，老伴儿挣脱了他。她朝着围观的游客声嘶力竭地吼叫：“我们的儿子真的死了……”陆老师从没见过老伴儿这个样子——像个疯子。

老伴儿一闹，他们的身边变得宽敞了许多。她坐到了地上，哭得像个刚刚收到某个噩耗的母亲，随时有昏厥过去的可能。那个举着他们团队旗子的导游看起来被吓住了。她用蹩脚的普通话问陆老师：“要不要 Call 白车？”陆老师从她的神情里，猜到了她要叫救护车的意思，顿时紧张起来。他拼命向导游解释：“被害妄想症。”这是陆老师急中生智给老伴儿“诊断”出的一种“老毛病”，“只要回家，见到儿子，病立即就好了。”陆老师以此请求导游立即终止他们的行程，并安排车把他们送回家。在匆忙的协商中，他们缴纳的参团费折成了机票费。

当他们的团友在游船上，拍下维多利亚港两岸那些巨幅的霓虹图案，并且张大嘴巴观赏了天空中长达十分钟的烟火时，陆老师和他的老伴儿，已经坐上了通往深圳罗湖关口的地铁。

回到家，老伴儿终于完全平静了。此后，她那个第一次发作的“被害妄想症”，再也没有发作过。她在十字绣的信仰里，得到了恒定的平静。这平静也普照着陆老师。他在露台建起了他的“绿地”。有花卉，有蔬菜，有瓜果，一派繁荣富强。春天的时候百花争艳，夏天的时候瓜果累累，秋天的时候金桂飘香，冬天的时候，一场大雪像剧终的幕布掩盖了过往，仿佛那些繁华不过是一场闹剧。

他们把自己关在了这平静里，没有人来敲他们的门。

茶凉了，陆老师为自己换了一泡新的铁观音。茶叶稍微放多了，有点儿涩，但香味扑鼻。他朝隔壁那个空空的阳台望过去。在那个空无一人的地方，他看到了儿子，二十四岁，血气方刚，轻松地跨过那个形同虚设的栏杆，走向了自己。

“爸，我们喝一杯？”这是陆老师每次端起酒杯时都会在耳边响起的一句话。印象中，他是没跟儿子喝过酒的，就连啤酒也没喝过。

“小徐，什么时候教我‘翻墙’？”陆老师每次见到徐梦龙，几乎都要这么问。他不见得很想学，但是他觉得这是跟那孩子的一种约定，有了这种约定，他们的关系就不仅仅是在阳台上邂逅那么偶然。

“没问题，不过得先买电脑。”徐梦龙每次都答应得很爽快。他开始是很当真的，但问得多了，他的回答变成了一种礼貌，他认为陆老师只是说说而已。对于一个老爷爷，无论他再时髦，电脑又能提供给他些什么？电脑又不是保健品。陆老师倒是真的考虑过买电脑。苹果一体机，不就是一万三千多嘛。这个世界上，他和老伴儿唯一的财产就是这套房子，他们死后，这套房子无人继承，所以，陆老师的习惯性思维就是把这套房子折算成钱，花销在各种用途上，比如进养老院，比如生病进ICU，比如买公墓。现在，他算了一下，这房子能买下至少一百台苹果一体机，用一百台苹果一体机“翻墙”，按照小徐的说法，他一个八十老汉，就能一下翻到一百个人难以去到的地方，那感觉像不像孙悟空？或许，还能看到一百个人看不到的福利、一百个人看不到的事情。然后呢？然后他们就可以心满意足地躺进坟墓里了吧？真好啊，真好啊。

为官的，家业凋零；富贵的，金银散尽；有恩的，死里逃生；无情的，分明报应。欠命的，命已还；欠泪的，泪已尽。冤冤相报实非轻，分离聚合皆前定。欲知命短问前生，老来富贵也真侥幸。看破的，遁入空门；痴迷的，枉送了性命。好一似食尽鸟投林，落了片白茫茫大地真干净！

这是陆老师的心经。总是在不知道什么时候，他的心里就会念起来。往往这段经一念完，他的很多念头也就绝掉了。那一百台苹果一体机也是被这段心经绝掉的。他不知道怎么跟小徐解释这些，也不可能念这段心经给他听。他跟他，隔着整整一辈人，等于隔着一道难以翻越的厚墙。

有一天，徐梦龙告诉陆老师，他的老爸将要杀过来了。

“哦，爸爸来看儿子了，应当的。”

“是来查房。”徐梦龙的表情既像烦恼，又像是在笑。

除了阳台之外，陆老师没看过小徐的房间。他想象过：凌乱的单人床，凌乱的书桌，墙上贴着一些画儿和人像，也许还在那面紧靠着床的墙上，用铅笔抄着一些诗句。他是按照儿子从前的房间去想象的。

“老爸就是想来看看我女朋友，跟他解释多少遍了，我们才刚认识几个月，他非要那么当真，嘁，真是的……”

“那姑娘人不错吧？”

“你见过？”徐梦龙感兴趣地问。

“我猜的……总是不会错吧。”陆老师有点儿窘。他只听到过她，并且看到过——那鼓鼓的胸罩和薄薄的短裤。

“嗯，还不算很了解，早着呢。”徐梦龙似乎真的拿不准。自从老爸知道他跟一个女孩子结伴旅游，每次打电话都会问起那女孩儿。他甚至还对他上起了伦理教育课。择偶的要素、婚姻的准则、伴侣对事业的影响等，绕来绕去，他知道，老爸无非是怕自己年少无知，做出了男人要负责的事情来。

徐梦龙一贯认为，老爸之所以成不了大事业，不能成为他老板这样的人物，最致命的弱点就在于胆小怕事。从徐梦龙有记忆开始，他们家但凡有窗户的地方都装上了铁栏杆，栏杆之间的缝隙，仅仅比拳头大一点儿，总之，谁的脑袋都伸不出去，当然也伸不进来。记得小时候有一次家里没人，他搬张小凳子站到窗边，东蹭西蹭，试图把脑袋从铁栏杆伸出去，结果被卡在铁条中间，疼得嗷嗷大哭。老爸和老妈想了很多办法，准备报警请消防队员来撬栏杆，正好邻居过来帮忙，在他的脸上涂了很多肥皂水，才一点点地把他的脑袋弄回来。

很久以后，徐梦龙跟老爸聊起这件印象深刻的童年逸事：“又没有恐高症，为什么总要装那些难看的铁栏杆？”

老爸理直气壮地说："开玩笑，如果没有这些，你迟早会从窗户掉到楼下。小孩子总是喜欢爬窗户的，他们总是迫不及待地要到外面的世界去。"不过，徐梦龙并不相信，事实上，直到他长大成人，那些难看的铁栏杆都没拆掉，他只是判断出，老爸是个强烈缺乏安全感的男人。无论徐梦龙做什么，只要没跟他商量过，他就会狠狠地抛出一句话："你要想清楚，做稳妥，不然，后果自负。"仿佛这个世界上，后果是人人都会吃到的毒果子，而他就是曾经中毒的那个人。

徐梦龙很多次用语言甚至行动反驳过老爸，"后果"并不可怕，因为"后果"的前面还有很多"如果"。他想过建一个"逆袭网"，专门替那些失败者寻找逆袭的路径和机会，既然这个世界上有那么多吃了"后果"的失败者，那么就必须有个生产"如果"的"逆袭网"，就像世界上因为有那么多购物狂，淘宝网才得以壮大，芝麻是因为欲望而开门的，阿里巴巴并不是神话。他并不是在空想，这是他青年时期的理想和目标，他要积攒资源，好比积攒第一桶金。他设想过很多，他还想到，等到自己的"逆袭网"做大做强，他会带着多多的钱去感谢老爸，感谢他那些关于"后果"的话给了他灵感与动力，嘿嘿，到那个时候，老爸不知道是会气急败坏，还是会恼羞成怒？想到老爸那时的表情，他有一种报仇般的快意，他甚至笑了出来，仿佛这事已经做成了。

那幅宽大的“天女散花图”在阳台上晾起的时候，老伴儿宣布完工了。

洗掉画图的痕迹之后，布面上只剩下老伴儿一针一线绣上去的色彩。身材曼妙的天女端着花篮，她的裙子上、头发上都是花，而她的身边、脚下，还是花。“正好五十朵，不多不少。”老伴儿观赏着自己的作品，有点儿满足的感觉。阳光正穿过那些密密的针脚，五十朵花就在布面上浮突了出来。

“比我种的花鲜艳多了。”陆老师不知道老伴儿怎么能绣出这么复杂的东西。“假的花当然要鲜艳才好看。”老伴儿对陆老师种的花从来不怎么上心，她似乎喜欢假花多一些。“假的花永远不会凋谢。”老伴儿提醒陆老师，“还记得我们以前一起看过的电影吗，《永不凋谢的玫瑰》？”

陆老师不记得那部电影的内容了，但他记得这个名字。多么遥远又多么浪漫的名字啊，如果有一朵玫瑰真的能永不凋谢该多好啊。可是现在老伴儿告诉他，只有假的玫瑰才能永不凋谢。他们相继活到快八十岁的时候，真话能变成真理。

“我想到那个地方看看，儿子消失的那个地方。”老伴儿突如其来又一个宣布，陆老师有点儿看不懂她，就像看不懂那幅“天女散花”好看在哪里。“再过三天，就是我们儿子五十岁生日了。”老伴儿伤感地低声说。

老伴儿是计划好的。陆老师明白过来了。老伴儿是在完成一个仪式，十字绣完工的仪式，儿子五十岁生日的仪式，或许，也是他们生命中最后一次出门远行的仪式。

“三天之后，我们的儿子就五十岁了。他来到这个世界上，竟然有半个世纪了，我的天啊……”老伴儿默默地流着泪，但她说起话来，竟然一点儿不受影响。她的语调依旧那么平静，连一丝哽咽的音调都捕捉不到，仿佛那些眼泪仅仅是屋檐的滴漏。

陆老师不会忘记儿子的生日。在过去的每一年，要是老伴儿不提，他就在心里给儿子过生日。“爸，我们喝一杯。”这些声音就是他给儿子唱起的生日歌。相反地，他们从不会去纪念那个该死的日子，他们买回新日历的第一件事，就是把那一页撕掉。

陆老师陪着老伴儿流泪。事实上，这几天，他在阳台的藤椅上，背着老伴儿已经抹过几次眼泪，每一次，他都害怕隔壁那个男孩子会突然出现。

“去那个地方看看。”陆老师是被老伴儿催促着上路的，他几乎一点儿都没插手，一切就准备好了。这个平日里行动迟缓的老太婆，忽然变得敏捷、利索。到银行取钱，到菜市场旁边的售票点买飞机票，收拾行李包，安眠药、救心丹、降压药、降糖药、藿香正气丸这些药品被她打包到一个药袋里。她准备得那么充分，好像是去赴约。

十八号，是个不用上班的周六。陆老师照着机票日期翻到了那天的日历。他给露台上的“绿地”浇了很充分的水，在阳台上站了好一会儿，他期待能碰到隔壁的那个孩子。可是他一直没出现，或许还在睡懒觉。后来，他又坐在藤椅上，磨蹭地重新泡了一壶铁观音，直到他的老伴儿在卧室里喊他。

老伴儿从早上开始就在翻自己的衣柜。她似乎找不到合适的衣服出门。陆老师走进卧室的时候，她正裸着上半身，奇怪地向前倾斜着，陆老师都害怕她会闪了腰。很快，陆老师就明白了，那样做是为了能让那两只干瘪的乳房完整地垂挂下来，然后再将它们装起来。陆老师不记得上一次看到它们是在什么时候了。

“帮我扣上。扣很久都没扣上。”

陆老师接过那只软塌塌的胸罩，帮老伴儿穿进去。一左一右，正好兜起了那两只乳房。

老伴儿已经很多年没穿胸罩了。刚开始，她借口说自己肩周炎发作，双手无法绕到背后，后来，她干脆说那些胸罩使她白天就开始做噩梦了。平日里，隔着衣服，陆老师能看到那两只乳房垂挂下来的形状。他觉得这些形状是很残酷的。可是，当陆老师艰难地找到胸罩上那些扣子，眯着眼睛，艰难地将那几个扣子搭上的时候，他觉得那简直就是一种酷刑。

“是不是太紧了，还能呼吸吗？”

老伴儿站直身体，做了个深呼吸：“可以吧，就是这种感觉。”她实在已经不适应这些束缚了。她在衣柜里翻半天才翻出这只胸罩，试图自己给自己穿上，可是，她已经失去了手感，背后那几个扣眼，对她来说，比十字绣的针眼小多了。但她却执拗地要穿上它。

“你这个架势，好像是在穿一件战袍。”陆老师掂了掂老伴儿的乳房，试图戏弄她一下，就像年轻时候他们做过的。没料到，老伴儿猛地转过身，紧紧抱住了他。

“老头子，我现在很害怕。”

“怕什么？”陆老师快喘不过气来了。

“万一在那个地方，遇到我们的儿子，怎么办？要是，他认不出我们了，怎么办？”老伴儿的身体开始战栗。

陆老师被她的战栗弄得有点儿紧张。他不知道怎么回答她，他甚至有点儿生气了，很想推开她。但他最终没那么做。他用手一点儿一点儿地揉着那皮包骨的背和肩膀，就当是那些地方的旧患导致了她的战栗。

二十五年来，陆老师已经接受了儿子的死亡，即使他们并没有亲自送走他。儿子留给他和老伴儿的最后一面，是他们把他送到火车站入口的时候，儿子回头朝他们微笑着挥挥手。这一幕，儿子是活着的。

“儿子在那个地方的确已经死了。”

“你亲眼看到了？你确定他们给的那个罐子里是他？”老伴儿颤抖得更厉害了。

“你绣花的时候难道都在想这么愚蠢的问题？”陆老师终于抑制不住自己，丢下这句话之后，愤愤然离开了卧室。

陆老师开始后悔这次出门。这个主意本来就不是他出的。他懊恼地看了看隔壁，人影都没一个。他寻思着，是不是要翻过阳台，或者去敲敲隔壁的门，至少要告诉那孩子一下，他们出门去了，要过几天才回来。

十一点的时候，老伴儿将行李包拎到门边，提示他现在必须要出发了。在转身离开阳台的时候，陆老师听到嗒的一声响。他回头望向隔壁，只见一个男人，腆着大大的肚皮，站在栏杆前，正低下头点一根香烟。陆老师被这个突然出现的男人吓了一大跳，他几乎是条件反射地往房间里钻去。站在阳台与房间的接合处，他屏起了呼吸。

“确实距离太近啦，明天我们去搬几盆金钱树来隔一下，徐梦龙，这里的花卉市场有多远？”

“徐梦龙，徐梦龙，你在干什么？”

“徐梦龙，你网瘾又发作啦……”

男人扯着沙哑的嗓子大呼小叫。很快，那种气急败坏的声音跟着脚步声走远了。

陆老师站在原地，一动不动。

老伴儿走过去，听了听，什么也没有：“谁在那里？”

“大傻帽儿！”陆老师呼出一口气，嘴角浮现出一种奇怪的笑，仿佛终于听出了一个熟人的声音。

档　案

一

人们喜欢将一些美得难以形容的地方称为“天堂”，我也喜欢将很多难以理解的事情一律都归结为——命运所致。其实，这不是我的新发现，我们管山人早就说过：“同人不同命，同伞不同柄。”如今，我每天跟命运打交道，每天对许多看得见摸得着的命运进行检查、保管、周转，我对命运的魔力深信不疑。否则，以我这样一个三十刚出头的小伙子，实在不至于懂得将人生在世所经历过的成败、荣辱都一一归于命运。

我从一个二流大学毕业之后，由于所学专业冷门，得以直接分到了这里的人才交流中心，档案科。我们托管着广州一个区十万人的档案。也就是说，在我座位后边的那间大房子里，熟睡着十万人曾经经历的命运。不少档案在我们这里一睡就睡上个十来二十年。这些档案都记载着每个人曾经的人生阶段。设想一下，如果每个纸袋装着十年时间，十万人，就是一百多万年的时间在我们手里保管着，二十年就是二百多万年，三十年就是三百多万年……这样一算，你说多么震撼！然而，这些纸质的档案袋看起来却并没那么震撼。它们一只一只被编好了号，躺在岁月的温床里。不到主人叫醒，就一直沉睡不起。

我一点儿都不夸张地跟我父亲炫耀，我们管理这些档案，比他在家养一头指望着卖钱过年的猪要小心百万倍。当我父亲听说，我们为了给档案做到恒温、干燥、防虫、避光等措施，每年都要耗费上百万元，我父亲顿时吓坏了。他死死认定我的工作是一项伟大而高级的任务，从他经常对我母亲唠叨的话中，我听出了骄傲，他总是说："别老去烦小伢，十万人的事都拿在他手上，一搅糊涂了，做错事饭碗就不保了！"

我父亲不知道，其实跟一个个纸做的档案袋相处，并不是一件难事。它们多半时间都很乖，顺着序号，倒头大睡，也不管这里边曾经有过多么沉重的记录，或者多么辉煌的见证。它们睡着的时候，我就当它们是小狗小猫。可是，一旦它们醒来，我们的神经就绷得紧紧的，因为要小心地将它送还到主人指定的寄托地点。稍有错漏，那个人的命运就被打乱了，那么，我们自己的命运也就一塌糊涂了。

你真的是难以想象，广州这个地方，人口流动有多么快。

每天我们叫号办理，经手这些陌生人的来来往往，给新来的编号存档，给出去的涂销转档。这些新旧命运的进进出出，就像我老家屋门前那条小溪一样淌个不停。

我经手过管山人的档案并不多。半个月前，一个叫刘长武的夹着个公文包应号到了我柜台。当我拿起他的身份证核对，我看到了我们管山县。我的心里一阵激动。不瞒你说，虽然离开家乡已经好几个年头了，但是偶尔邂逅老乡，心里都还会热乎乎的。我母亲说，这是管山人走人情走出来的。从小就开始跟着大人走的，哪里会走忘记？

这个刘长武，从外表上已看不出一丝我们管山县的迹象了。他的头发往后倒，露出一个油光发亮的大脑门，一开口满嘴的烟臭，嘴唇乌黑发紫，这里人称这样的嘴唇为“酒精嘴”，大概意思是，酒喝多了，嘴唇都喝乌了。总之，已经看不出我们管山县山清水秀养出来的胚胎啦。倒是他一张口，才暴露了管山人民的血统。他带着浓浓的管山口音，一般人是不太能分辨的，但是这口音就如密码暗号一样，被我一对就对出来了。再加上他在激动的时候，一口一个卵蛋地叫着，我听着再熟悉不过了。

刘长武将一封调档函拿给我。我按照程序确认过所有条件之后，就到档案室去找他托管在这里十一年的档案。他的名字好找，在L柜、C栏、W列。不到十分钟，我就将那只黄黄的档案袋找到了。按照身份证上的出生年月，这个四十三岁的刘长武，除开在这里睡了十一年的时光，至少有十来二十年的记录在这轻轻的袋子里边。但是，无论他有怎么复杂的经历，无论他的模样经过怎样的七七四十九变，无论他怎样翻越了九九八十一座大山来到这里，他都是我们管山人。档案就是这么奇妙，从哪里出发，走到哪里，跟到哪里，忠实于你的经历，谁也修改不了。

当我拿着刘长武的档案回到柜台，打算核对之后装进一个指定的机要信封，按照刘长武调档函上注明的地址投递出去的时候，我的老乡刘长武着急了。他眼睛死死盯住那只档案袋，并且粗鲁地制止了我。他一再强调他要自己带走档案。我告诉他档案是不能自己带走的，万一拆了、弄丢了，或者修改了，这可是很严重的事情。刘长武一概不听我的解释，他死活要把那只档案袋带走。他看着我手上的那份档案，恨不得要将它一口吞进肚子里。我只好耐心地跟他解释起有关规定。可是这个刘长武哪里会听？他蛮横地咆哮起来："托管费都交了好几千，我拿回属于自己的东西，难道不对吗？"

没等我开口解释，他又塞了我一句："你们不就是变着方法收钱吗？邮递费多少？五十块够不够？一百块？"

说着，他真的从口袋里掏出一堆钱，挑出了一张百元钞票朝我柜台里扔。

那张一百元彻底扔掉了我的耐心。我依着我的血性，呼的一下从椅子上腾了起来，眼睛死死地盯着我的老乡刘长武，朝他用管山话吼了一句："今天你要真能拿出去，我卵都不信！"说完，我将手上那份档案狠狠地摔在了柜台上。

刘长武那乌黑的"酒精嘴"上下颤抖了好几下。他并没有为这区区一句管山话耽误，他的目标太明确了，以致我早就确定，这个家伙的档案里一定有着某个重要的"污点"。我说过，档案这种东西，大部分时间是沉睡的，只要一醒来，关键时候却是个炸弹，它可以将一个人的命运炸得面目全非。刘长武转走档案，一定有他必须要用的地方，要是我猜得没错的话，他就是想趁机将那只"炸弹"除掉。

"身正不怕影子斜。"这是我们管山人经常挂在嘴边的话。如果刘长武坦坦荡荡，他怎么会恐惧档案醒来?

刘长武确认我们是老乡之后，态度马上缓和了下来，他急速地压制了自己的暴躁，改用一种迂回的方式跟我讨价还价。他告诉我，他从管山出来二十多年了，打工、做生意、搞物流等都干过，漂了二十多年了，也混得不那么像回事，好不容易托人找关系找到个安稳的单位上班，也就指望以后养老有保险。麻烦的是，新单位一定要对档案进行政审才接受，他害怕机会被别人占了，所以才这么着急。

刘长武完全操起了管山话，一边说，一边从口袋里掏出香烟递过来，顺便也掏出了一张名片，还说以后认下了老乡，就多出来喝酒。

说实话，就算我想帮我的老乡刘长武我也没法帮。这是我们的纪律，我的脑袋上方，一支摄像枪二十四小时指着我呢。

好说歹说，当刘长武最终知道我还是帮不上他的时候，他恢复了原来的暴躁。管山人民直来直去，缺乏耐心的本性从他的血管里奔流了出来。他用公文包使劲地敲着柜台，一边敲一边朝我号道："你今天捏着我的档案，别以为就捏着我两只卵蛋，你走着瞧，有种你永远捏着，我让你老娘死都没人送终！"

刘长武一号，我们的头儿就跑过来了。他让刘长武冷静一点儿，有什么事情跟他讲，他是这里的负责人。他的工号是 0873。

刘长武跟着我们头儿走开之前，指着我说："你这个工人要收我的保护费，说只有收了保护费才把档案交给我。"

我想我的老乡刘长武一定是看拙劣的黑帮电影看多了。要是按照我们管山人的习惯，对于摆不平的事情，一定先去找人来呼应、帮忙，越多人越有势力，越多人越能摆平。

遇到像刘长武这样的事情并不少。隔三岔五就有人来我们人才中心闹着要把档案带走。我们这里不是银行，更不是寄存包裹处，要放就放，要取就取。我们将档案视作一个人身份的证明，比身份证还要详尽的证明。要不是这样，为什么我们从读书开始，就总是很害怕老师对我们说："如果你们违反纪律，这个处分就会记录在案，成为你一辈子的污点！”大学的时候，我们有一个老师说过一句话，让我记忆很深。他说：“就像每一架飞机都有一只黑匣子，记录着每一次操作数据一样，你们从一出生到死，都背着一只袋子，记录着你们的荣誉和错误。”所以，那时候，我们对那只谁也没见过的档案袋充满了好奇，甚至恐惧。

当然，现在我觉得档案其实并没那么神秘。它只不过是一点一滴地见证了一个人的人生阶段，包括他的思想、举止、成就或者过失。然而，人们并不见得喜欢翻旧账。无论是谁，就连我那大字不识几个的农村妇女母亲，也都害怕别人老是记起她那年在生产队烧锅时偷偷给我们先留出了一大碗红烧肉，更害怕别人指证她为了给我交学费，将几包芝麻掺了沙子卖给收购站。这样的事情，我母亲总是怕别人会记着，并且影响她现在好不容易过上的有面子的生活。档案才不管你怕不怕。从某个方面看，它很像我们管山人不懂得拐弯的性格，有什么说什么，说什么记什么。

二

即使我大伯在他的后半生跟他那病一样的懊恼和肉痛纠缠不止，我都不会有一丝一毫的怀疑，不是我大伯亲手将堂哥送给了别人，而是命运将我堂哥抱走了。

刚工作的头两年，为了打发孤独，我频繁地参加同乡会的聚餐。我那个在广州的堂哥李振声是从不出现的，但是他不出现并不代表他不存在，在座的每个人都会提到李振声，每个人都清楚地知道了，聚会的场地、饮食等费用，都是李振声包办的。我们吃着李振声的菜，打着饱嗝，彼此叙旧、畅想，我们喝着李振声的酒，脸红红地谈交情、谈互助，所有管山县的儿女们都沾染到了李振声的财气。酒足饭饱，话多的时候，我还吹嘘地告诉那些离得比较远、不知情的老乡们，李振声是我堂哥，亲亲的堂哥。他们听了之后，就好像找到一个快要引爆了的炸弹一样，吃惊得半天回不过神来。然后就一直围着我。他们围着我的目的，莫不在于求我找我堂哥李振声办事。我心里发虚地推托说："我堂哥为人很低调，他不是不讲人情，你看，他出了钱都不来喝酒，这么有面子的事他都不出现，是因为他做事情从来都很谨慎，他是做大事的人……"

有好几次，我看着电视里的本地新闻，冷不丁就出现了我堂哥李振声的脸。他在记者的采访下，淡定、稳重地回答着关于广州房地产的问题。透过高清晰图像，我从没如此近地看着这张脸。一张中年男人的脸。有的时候大概头晚熬夜了，黑眼圈儿特别明显，有的时候大概是上火了，嘴角下方长出了一颗痘痘，可是这些一点儿也没有影响到屏幕下方打出"某某房地产公司副总经理 李振声"这样的字幕所带给我的激动。在我看来，那字幕变成了“管山县梅林村 李振声”，我的堂哥因为他的赫赫有名而在我心里直接成了我们梅林村廖姓家族的一员了。

同时，我也逐渐体会到了我大伯那种肉痛的心情。在我因为没能赶上单位集体分房最后一趟末班车，注定终生不得不辛辛苦苦地为买一套房而奋斗的时候，我就会想，要是我的大伯没有把李振声送给别人，要是我的堂哥曾经带着我在村头的田埂边打过架摔过跤，要是我的堂哥曾经带着我在鱼塘里一丝不挂地摸鱼，然后摸着对方的小鸡鸡嬉笑过，要是我的堂哥曾经在过年烧炮的时候把我带在身边去吓村里的女孩儿……唉，要是，要是李振声真的是我堂哥，那我起码能少奋斗半辈子。每当这些时候，我都有如我大伯一般地肉痛。我肉痛的时候，就会跑到楼下的游戏室玩上一个通宵，做一个通宵的勇士，在魔兽世界里称王称霸，然后一身疲惫地回到租住的单身公寓，洗个澡，无精打采地上班。当下午的太阳照到我办公桌的时候，你说巧不巧，那玻璃上印着“人才交流中心”几个小字，被阳光穿透、拉远、分离之后，竟然将“人才”两个字逼到我的电脑边，其他几个字就依着方向排列到别的桌上去了。这样，我心里就觉得踏实起来，就会想起我父亲的那句话：“要不是小伢勤力读书，现在早就在家盯牛屁眼了。”事实上，我们村的确有很多子女都过着上一辈人的生活，盯着牛屁眼，春耕秋收，日出日落。这就是多数农民的命运。

我不止一次地试图向我父亲和我大伯讲关于命运的道理，因为他们总是在我春节回家的时候争吵不休。可是，由于命运这玩意儿并不是一年当中那二十四个节令中的某一个，总是会某月某日地按时到达。他们对它毫无感觉。我大伯始终顽固地认为，李振声身上流着他的血，就跟一张按了手印的欠条一样，走到哪儿他都得认账。他还认为，我跟他儿子李振声既然在一个地方工作，肯定很熟悉，他让我去找他儿子。我父亲则摆着一贯压倒他的气势，一口拒绝。他说："小伢在广州要努力工作挣钱，又不是去走亲戚的。再说，人家李振声会认我们这些穷亲戚？做梦吧！"说着，他睥睨着我大伯。我大伯一听到做梦，立即表现出一种羞愧来。

我大伯的确在一个秋天的夜晚，做了一个比白天发生的事情还清楚的梦。对于一个农民来说，做一个刻骨铭心的梦，是多么的不容易。梦醒之后，我大伯披了件衣服，摸黑打开了大门，坐到门前的晒谷场上，将后半夜坐完了。他把那个梦朝着冷清的月亮，照来照去，仿佛辨别一张百元钞票的真伪。他跟我父亲说，他梦到自己死了，他的儿子李振声跪在他的床头，哭着给他上供，有鱼有肉有酒，还有一辆大得吓死人的黑汽车。

"从来没有做过这样的梦啊，奇怪啊。"我大伯喜滋滋地对我父亲说，那是阎王爷托梦来告诉他，他的儿子李振声不会丢下他不管。

我父亲为了打消他要回儿子的念头，狠狠地丢了他一句："活着的时候都没享儿福，到死了就能享到了？什么鬼道理！"

别看我大伯是我父亲的哥哥，可是他在我父亲面前，总是显得胆小。每当被我父亲责怪，我大伯都是一副唯唯诺诺的样子，他倔强而小心地笑着说："鬼有鬼的道理，人的道理在那里，就是走不通！"

我父亲看不起他，又塞了他一句："有本事你找鬼来讲道理啊，找啊，你能找来鬼讲道理，我卵都不信。"

我大伯不理会我父亲，依旧对那个如电视机画面一样清晰的梦深信不疑。他的眼睛习惯性地朝远处的岭脚望去，咧开了嘴一直微笑不止，仿佛昨天晚上的那一场梦又出现了。

我父亲后来跟我说，我大伯的话也不是没有道理。按照我们这里的说法，宗族的血统不能混淆，阴间的祖先，只能享用真正的子孙的祭祀。反过来说，子孙的祭祀，只能是真正的祖先才能享用。我父亲给我说了村里人经常说起的故事，说的是村头王三根那老头儿，清明的时候带着儿子去祭祀他家祖先。当天夜晚他家祖先托梦来给王三根说，东西全被村里刚死去的那个磨豆腐老六吃光了，肉都被他一刀刀先割了来吃，衣服都被他一件件拣去穿了，他们一口都没吃上，一件都没穿成。王三根醒来之后，肉痛得要命，一怒之下，问他老婆到底怎么回事，他老婆吓得半死，最后承认儿子是她跟磨豆腐老六私通生下的。

我父亲把故事说得仿佛真的发生过。在我看来莫不在于说明一个村里人集体相信的道理：人一死了，活着的时候一直弄不清楚的事情，都水落石出，真相大白了。

我父亲还说，看来大伯非要到阴曹地府里，才能享到他儿子李振声的福啦。

20 世纪 60 年代初，我大伯养下了三个女儿一个儿子之后，实在穷得养不起李振声了。他决定将这个刚出生没几天的男伢送给李村的大户人家李善房，拿他的话来说就是“当个人情送给李家”。可谁也没料到，那李振声一生下来就是念书的料，一路念书一路考第一。大学毕业后到广州混来混去，到一家房地产公司，几年工夫就当了个经理，挣起了大钱，连带着李善房一家也跟着发财啦。可我大伯呢？三个女儿不争气，嫁到了隔壁村，过起了跟我大伯母没两样的生活。按说，他还有一个儿子可以指望，却没想到，那儿子高中没读完就跟着村里人到外边打工，一年不到，就在城里跟人打群架，生生被人捅死了。所以，我大伯指望后代改变命运的梦想从此破灭了。

李振声在被李家养大的过程中，从来没有回到过我大伯家，也没有正儿八经地瞄过我大伯一眼。我大伯有好多次找了点儿借口到李村去，绕到李善房的屋前。李善房让是让我大伯进屋了，可是，却没让我大伯见李振声。李善房总是借口说李振声到小河边看书去了，不在屋。其实就算李振声在屋，他也不会探出脑袋来。李善房还口口声声地说他的儿子是个怪胎，除了书上的字之外，谁都不想看。最后他把我大伯送出门外的时候，还很严肃地对我大伯说："以后不要来看了，这样的怪胎，送人就送人了，没什么可值得看的。"那个时候，李振声早已经名声在外了，他在我们村里考县重点，分数出奇的高。李振声不仅是老师的骄傲，更是李家的珠宝。李家就像捂着一颗珍珠一样，将李振声严严实实地捂在家里。准确地说，是为了不让我大伯接近一步。

我们总是听到我大伯骂李善房没良心，当初把儿子当人情送给他，是看在他家没有一口男丁的分上，可怜他才送给他的。连亲生老子看一眼都不让。这天下哪里有这样的人啊？

我大伯后悔死了。他说："当初就不该做这个人情的，亏大啦！"

要知道，我们这个村，跟中国千万个自然村一样，大量地繁殖人情。过节走乡串亲的队伍是非常壮观的。过年的时候，我们这里最隆重的节目就是"炮期"了。"炮期"这种传统风俗，是以每个家族为单位进行的一种集体大串门。轮到哪个家族摆"炮期"，乡邻们就会拎些礼物来赶"炮期"，吃肉喝酒，当然，更大的意义在于联络感情。比如说，按照约定，每年的正月初四，是我们廖姓家人的“炮期”。那一天，我们廖姓家人就开始张罗了。一桌又一桌的流水席，在晒谷场上从早摆到晚。只要有人来了，就开一桌。谁家人摆得多，就证明谁家人际关系好。就好像收获季节，谁家晒谷场谷子堆得多，谁家就收成好。所以，“炮期”往往成为各家各户收割人情的时刻。好像人情做足了，就等于你家里的粮仓丰收了。

在人情这块大土地里，我大伯可以说颗粒无收。因为他早已经无心耕耘，远亲近邻之间杂草丛生，都长出了隔人的篱笆。我大伯认为，做那些事情没有卵用，死去的儿子也活不回了，送人的儿子也要不回了，做来干屁啊！

不过，在村里人眼里，我大伯不爱做人情主要是因为他太精巴了。别的不用说，单是到菜园里看，你就能感觉到他的菜园是用精巴做肥料的，那些种植物结出来的果实也是精巴的果实。每一寸土地能利用上的都利用上了，密密实实的。站在那上边，仿佛脚下布满的根须都是一个个饥饿的婴孩，争相吮吸着每一滴乳汁，弱肉强食。胜利的丝瓜粗壮地吊在篱笆上炫耀着，而旁边瘪瘪的豌豆则失败地等待着另一个季节的重生，那将意味着另一次争食的开始。在菜园外边，冷不丁你还会发现，那里竟然种起了一棵高高的小树。起初你不知道那里猫着种的是什么，直到某一天，几只石榴神气地挂在小树上，张灯结彩的，不消细看，在那几只果上，都划着一个歪歪的“龙”字。

我大伯叫廖廷龙。“廖”是我们村的大姓，“廷”是族谱里的辈分名，只有“龙”字是区别于他跟我父亲、我堂叔这一辈的字。所以，在石榴上划上“龙”字，谁都混淆不了。那就是我大伯廖廷龙的石榴。

事实上，不仅仅是石榴，我大伯总要给自家的东西都做上“龙”字记号，生怕那些东西落到了别人手上，自家不认自家了。斗篷、雨靴、箩筐、饭碗等这些日用品自然是“龙”字号的，鸡鸭鹅牛等家畜身上也早早地漆上了“龙”字。更可怜那些应季的瓜果，长到鸡蛋大小，我大伯就用耳掏的另一头，在它们身上划上了“龙”字。这些有着记号的瓜果们，在“龙”字的捆绑之下，一点儿一点儿挣扎着长大起来。我大伯似乎将这个“龙”当凭证，有凭证，东西有根了，就都跟他叫廖廷龙了。

我大伯的精巴是出了名的。倘若有人路过一个菜园，渴了，扯下一根黄瓜来，恰好园主人看到了，那人就给自己台阶下：“这黄瓜怕不是‘龙’字号的吧？”或者我们这些小孩子，稀罕地分到一点儿糖果，人家问要，不给，人家再一说：“你姓龙的？”就不好意思了，心不甘情不愿地分给了人家。

关于我大伯喜欢在庄稼、牲畜上做记号这些事情，村里的人一旦说起，就好像在扯地里的花生一样，一扯就能扯出一串来。扯出来的这些事情，枝枝叶叶，大都围绕着我大伯那个送了人的儿子。

“丢，有本事廖廷龙在他儿子身上也写个‘龙’字！”

“他能要回李振声，我把卵都割下来送给他！”

过年的时候，人们认出了李振声的小汽车开过我们梅林村，一个刹车也没留下，直接往李村开去了。我大伯就被围观的人嘲笑起来。他们怂恿我大伯在李振声那辆黑色的小车上，划上个“龙”字，那样，谁都抢不去啦。我大伯像那头他经常牵着的、身上用白油漆刷着“龙”字的老黄牛一样，沉默地、眼睛朝下扫来扫去。最后，他只好靠到矮墙角，用背蹭了蹭痒，把烟掏出来，似听非听、不远不近地听着人群议论起他的儿子李振声的钱财、大方之类的事情。这些事情，总让我大伯肉痛好一阵子。

基本上，我大伯打我大伯母都是因为我大伯肉痛。每次我们看到我大伯从屋里扭着我大伯母往晒谷场上打，我大伯母都无声无息的，仿佛我大伯的手拍打的是我大伯母多出来的那个影子。直到有人去劝我大伯住手，几次追问原因，我大伯母才伤心地吐出几句话。唉，谁都清楚，说来说去，都是些小事，不是我大伯肉痛那条因为没藏好而被猫叼走了的腊鱼，就是肉痛那坛酒糟放多了做坏了的米酒。遇到这样的小事，我大伯的肉痛就像病一样发作。我母亲事后总是劝我大伯母：“随他，随他，你把儿子都送人了，还发了大财，他不肉痛谁肉痛？”这样一劝，我大伯母也就默认了。

三

一个冬天的夜晚，李振声忽然给我打了一个电话。我才知道，原来在我每天都出入的档案库里，一直就躺着我的堂哥李振声的档案。躺了十六年了，就在L柜、Z栏、S列。我很清楚，这些字母的组合，是较多人姓名的组合，所以那里躺着的档案比较厚。也就是说，李振声的档案就睡在厚厚的人群当中。

我说过，我对命运的事情总是尤其敏感。像我这样的一个农村孩子，得以离开那个穷乡僻壤来到这个大城市，是我，而不是隔壁跟我一起玩大的廖团结，这就是命运对我友好而深情的一个拥抱。我把李振声的档案躺在我的办公室这件事情，同样看作命运对我友好而深情的一个拥抱。我可以借此机会跟李振声联系上，用我母亲的话来说就是“做做人情”。可是我父亲和我大伯却不这么认为。当他们得知李振声要我帮他转档案的时候，他们兴奋不已。在他们看来，这是一种血缘的、不可逃避的关联。

李振声在电话里约我到天河城见面。他说那里有一家日本料理，出品不错，环境很好，我们到那儿聊。说实在的，我有些紧张，好像被一个大人物接见。

去之前，我把我们约见的事情打电话给家里通报了。那样，我就不是一个人去见李振声，而是带着我们廖姓家族的人一起。我大伯和我父亲一左一右地坐在我两边，我们三个人成一排坐在沙发上，对面是我那成功人士堂哥李振声。

大概是出来时间太长了，李振声的管山话有点儿失灵。他一会儿管山话，一会儿普通话地跟我讲话。这样，他一个人仿佛变成了两个人。正如我听人讲过的，李振声的口才很好。我母亲早就说过，一张利嘴走遍天下。我的堂哥就是用一张利嘴混成了广州的富商。

李振声长得一点儿不像我大伯，倒有几分我大伯母的影子。最突出的是那口稍微暴露牙龈的牙齿，不说话的时候，微微做出抿嘴的努力才能将牙齿全部覆盖起来。由于我大伯母不怎么爱说话，她长期抿嘴的姿势就成了她嘴巴的形状。李振声爱说话，所以每当他抿起嘴来，我都觉得他在努力地朝我大伯母的嘴形靠拢。

如果我一厢情愿地将李振声当作我堂哥，那么我就大错特错了。李振声不仅不像我堂哥，他连管山人都不像了。他很像一个地道的广州人。根据我在广州生活这些年的观察，我早就发现，就算广州外地人多得满街都是，但是真正的本地人，他们相互之间是一眼就能辨别出来的，因为他们无一不散发着一股本地气息。那气息跟李振声极其相似。他们貌似随便的衣着其实暗地里很昂贵，他们貌似很热情待人其实暗地里画着距离线，他们貌似很随和其实暗地里瞧不起别人，他们貌似平庸其实暗地里却是极其有来头的人……李振声也是这样的。当他随随便便地往沙发上一靠，就是一个普通人。但是他用眼睛看着我，却正好把一根线画在了饭桌的一半距离之处。这饭桌倒很像每天我坐着的柜台，一半是顾客的领地，一半是我的。我和我堂哥就透过这柜台上一个无形的窗口谈话。

我果然没有猜错，李振声要转走档案。他告诉我，自从大学毕业后，他就一直在公司里干，刚开始由于频繁地换公司，档案居无定所，转来转去也嫌麻烦，只好托管到人才交流中心，这一托管就是十六年。十六年来也没想到过用档案，也没什么大碍。最近，政府物色他到建设领域的某局当一把手，已经开始操作调动了。这个时候就想到要档案了。

“当公务员跟在公司就是不一样，需要更多的证明，所有证件齐备了，审查完，才能上任。你都知道的，公务员总是不自由的。”李振声几乎花了吃饭的一半时间跟我讲关于公务员这一行当的热门，为了说明他放弃赚大钱的机会而跑到清水衙门去的原因。他说这些的时候，我一直在盘算，如果我将他的话都转达给我父亲和我大伯听，他们一定会觉得这孩子脑子出问题了。他们只要听说当了公务员每月工资就比他现在降低了好多倍，一定打死都不会同意的。

当然，这些都不是李振声找我的重点。他的重点在我们将各自面前那一壶温热的日本清酒喝光之后出现了——李振声提出要亲自把档案带走，而不是用机要递走。经验告诉我，那份躺在我单位 L 柜、Z 栏、S 列有着一个固定编号的李振声的档案里，沉睡着一个“定时炸弹”，黏着一个迫切需要清理掉的“污点”。那一定是过去的李振声一个不可告人的秘密。关于这个秘密，李振声只说那是在大学时候犯下的一个错误。那时候他跟所有男孩子一样血气方刚，做什么事都不计较后果。等到做下了，后果出现了，已经来不及啦，那个学生处的老师指着他的鼻子说了一句：“记过处分是小事，记在档案却是一件大事，白纸黑字，一辈子都涂不掉的！”

大概由于那一辈子涂不掉的白纸黑字，李振声像抛弃一个手足一样将档案抛弃掉了，将此后的人生阶段及时地终止在大学毕业。要不是他步入中年得以成为国家干部，他一定会将那份记录了自己某次耻辱的档案变为“死档”。在我们的档案库里，这样被人终身抛弃的“死档”并不少。

即使李振声不是那个刘长武，他是我大伯的儿子，是我亲亲的堂哥，也是我们管山人的骄傲，我也不知道该如何帮助他。当我表现出为难的神色时，李振声却表现得很有耐心，他说：“不着急，回去慢慢想，调档函要到过完年后才发，还有时间。你回管山过年吧？”

我的堂哥果然是个做大事的人。他才不会像刘长武那么猴急，更没有刘长武那么暴躁。他将事情说完之后，就再也没提起过了。可这种轻描淡写竟然有千斤之力压在了我的心上。

分手之前，我终于开口问李振声有没有回去看过我大伯。

李振声看着我，想了想，仿佛明白了些什么，回答说："要是你今年过年回家，我们一道去看看吧。"

年前，李振声果然说要驾车回管山，约上我一道。我很犹豫，我还没有想到能帮他转档案的方法呢。可是我的父亲却坚持让我跟他一道回，他说："李振声跟你一道回，就是要来看你大伯。你大伯这辈子就盼这一天了，你不帮他谁还能帮他？"我听了之后很生气，朝我父亲吼了起来："我帮个卵啊，我又不是玉皇大帝，说能帮谁就帮谁，他那么有钱都不帮帮我们，我的饭碗不保谁帮我？我买不起房谁帮我？"自从我出城里工作以后，我的父亲就没再大声教训过我，他既帮不到我也管不了我。很快，我父亲在电话那头就没声气了。

坐上李振声那辆黑色奥迪车，我听他说有十四个小时的车程。看起来，他对这车路很熟悉。我坐在副驾驶位置，这样，我就感觉我的堂哥跟我并驾齐驱，一齐翻山越岭，往家乡开去。

一路上李振声倒跟我说了不少他在广州的事情，广州的房地产生意、广州建筑的优点缺点等。他那很放松的神态和语调，仿佛伸出了一只不远不近的手，轻轻地搭在我的肩膀，让人亲不起来，又冷不下去。

没话题了，李振声就教我看车。春节期间，每一条公路都虫子一样地爬满了往故乡赶的车。我算是领教到了李振声的本事。他竟然可以对我们旁边的那些车进行鉴定，几乎每一辆车他都能认得清清楚楚，车的牌子、型号、功能、价位、品质等，只要一辆车出现在车窗外，他就会很快地将那辆车搞得清清楚楚。更厉害的是，他还将人家的出处都认出来。凭借车牌，他可以准确地告诉我，这是长沙的，那是九江的，这是徐州的，那是江门的……就算一个地图上很不起眼的小城市的车牌他都没弄错。最绝的一次，李振声指着前面一辆银灰色的丰田车，我一看是“粤 A”的车牌，忙抢着说：“这不就是广州车吗？”他笑了笑说：“是广州政府的车。”天啊，他连人家单位都弄得清楚。

这些车在李振声的眼里仿佛都不是车，而是一个个路人，贴着标签的路人。他们的身份、地位、个性等，他一眼能将人家的老底都翻出来。他认车的时候，像极了我每天到档案库里找那些贴了编号的档案袋的样子，几乎一眼就能知道它的出处了。

回到梅林村，已经是深夜十二点了。按照地面上的积雪厚度，我断定雪是不久之前停的，车轮不时被积雪厚的地方弄得吱吱响。李振声将车直接开到我们家的晒谷场上，来路留下一道很深的车痕。我们家那条养了十三年的老狗，一边吠着一边跑到那些车痕边嗅来嗅去，也不知道是不是嗅出了广州的气味，它兴奋地喘着气，在雪光的照亮下，可以看到它干瘪的肚子一下一下地起伏不停。

堂屋的灯亮着。我还没把行李从车上卸下来，我父亲已经走到了车边。看到他，李振声礼节性地下了车。我注意到他没称呼我父亲，只是很冷地跺着脚、搓着手、抖着身体、吸着冷气，做出一副热烈地要将这寒冷抖掉的动作。在这一系列动作里，顺带朝我父亲点了点头。

我的父亲一贯是个很有霸气的农民，他在我们村里的声誉很高，面子很足，但他此刻却变得木乎乎的，不知所措地说了句："来家啦。"

李振声又哈着冷气，唉了两声，算是回答。

等我卸好行李，我父亲拎起一个大包，朝前走了。李振声对我说他先回去了，太晚了，改天再过来。

我和父亲在雪地里目送着那辆黑色的"粤A"车发动好，一歪一歪地开往李村的方向。我父亲自言自语地说了一句："嘿，这伢，发了大财也还是个伢子样啊！"

等我们拖着行李进到屋，我才惊奇地发现，我大伯就坐在里边，蹲在一只火桶上。要知道，农村的大雪天，月亮升起来之后，九点以前人就压床上了，天大的事情也等太阳升起来再办。我父亲朝我大伯摆谱地说：“家去吧，家去吧，明天再说，小伢一路上困死了。”

我大伯看到我，好像心里放下了一块石头，咧开了嘴，点着头。跨出火桶的时候，一条腿差点儿伸到了底下的炭火里，掀起了一阵炭灰。那炭灰将我大伯呛了一大口。他一边咳着，一边从我们家后门的厨房里穿过去。他咳得眼泪都出来了，用袖管在眼角边揩了揩。咳嗽声在寂静的村路上，显得特别响亮，我大伯中气十足地边咳边走远了。后来，声音已经变得很依稀了，谁知道猛地又剧烈了两声，仿佛其实已经咳够了，最后还故意来那么两下响的，响得像两声吆喝。

四

我跟李振声一道回家的那年春节，廖姓家族的“炮期”还没到，我们家晒谷场就热热闹闹地围住了不少村民。我大伯像游街一样，牵着他那头牛，牛的两侧各吊着两笼鸡。一路晃悠来到我家。从我大伯家到我家这一路，村里人就好像牛背上的芒刺一样，一路走一路带，越带越多，一直聚到我家晒谷场上。等我跑到晒谷场上一看，我差点儿笑了出来。我大伯那头牛，像个被剃光了头的瘌痢，肚子光秃秃地站在雪地上，鸡被关在鸡笼里，仔细一看，也是光着个脊背，背上的毛无端被人剃掉了。

我大伯将牛肚子上、鸡背上漆着的“龙”字全剃掉了。他是来我家做人情的。看样子，我大伯真的很不习惯做人情，他招呼我父亲出来之后，就腼腆地将那头牛系到草垛上，跟我家的牛并排站在一起。牛倒没有感到害羞，就连招呼也没相互打一个，默契得就如两兄弟。

我大伯一直没跟我父亲说什么。旁边的人看着我大伯的一举一动，仿佛他们是我大伯请来做证的。我父亲吸着根烟，挺着他在村人眼里一贯霸道的大肚子，二话不说，就站在我家门口，跟其他人一样，看着我大伯。

就在这个时候，人群里趸出个软塌塌的人来，是那个经常跟我大伯赌钱的农安顺，他朝我大伯嚷了句：“输大啦？输的啥？”农安顺还以为我大伯将牛都输了。我大伯没搭话，朝我父亲走了过来。这是大雪天的早上，雪经过一夜的低温凝结，才遇到朝阳，还没活过来，死板板硬邦邦的，我大伯的雨靴敲在雪地上边，尽管力气不大，但远远就能听到嗒嗒嗒的声音。我后来才知道，我父亲只是告诉我大伯，帮李振声转档案的事情，不是一件好办的事情。第二天，我大伯就把牛牵来了。

“牛都牵来了，你不晓得肉痛？”我父亲是这样嘲笑我大伯的。

我大伯很不好意思地笑了笑，看看我父亲，又看了看我，半晌才说："自家人，哪里会肉痛，又不是给外姓人。"

我父亲一听这话，笑了，说："李振声算不算外姓人？"

我大伯窘得要命，就没再吭声了。

我大伯的牛那年春节是在我家过的。它很快就熟悉了我们家的草垛，并且很是留恋地一直围在草垛边，也许因为肚皮上光秃秃的，特别怕冷，所以，比起吃草它更喜欢将肚子贴在草里取暖。我父亲说，等那牛的毛重新长起来，再让我大伯牵回去，漆上个"龙"字，其实还挺威风的。

到了廖姓家"炮期"那天，我们家流水席开了一桌又一桌。现在，我母亲不再嚷着烧几十桌菜太累人这样的话了。我用钱从镇上请了两个烧锅的来，帮我母亲张罗。我母亲在厨房里，扎着围裙，指挥官一样神气。

下午，我们远远地就看到李振声那辆"粤A"车从岭下爬了上来，那个时候雪已经化得差不多了。我们这里有个习惯，化阳的时候是不出门的。雪一般是在十点之后就开始化阳了。一化阳，仿佛解了魔咒一样，雪跟泥坚持了一夜的僵持就妥协了，马上变成了一对相互缠绵的冤家，顺带着将人的脚也绊住了。其实这种糊答答反倒是人最讨厌的时刻。所以，除非不得已，人们都会选在化阳之前出门，不然就被留下来，一直留到太阳下山，再度结冰，地面再度硬朗起来。

看起来，那辆“粤 A”车是饱受了雪和泥的折磨，一路挣扎着开到我家门口的，它光亮的身上，溅满了泥巴，脏兮兮的。

我的堂哥李振声从车后厢搬出了一箱酒，又搬出了一大盒包装很漂亮的礼品，最后又像变魔术一样，搬出了一台取暖器。大概因为人太多了，他没在流水席上停留，而是叫来几个小孩儿将那些东西一直跟着他搬到屋里。

说来也奇怪，李振声一旦离开那辆黑车，一旦走进我们屋，一旦坐进了我们家那只具备二十年以上历史的火桶，我父亲作为长辈的威严就好像候鸟一样飞了回来，他坐在椅子上，认真地跟李振声说话。

我父亲心里一有事，烟就离不了手。似乎那些烟不是从胸前的口袋里掏出来的，而是从心窝里掏出来的。心事也就被他一根接一根地燃着了，燃着燃着仿佛心里就亮堂了。因为烟叶是我母亲留出一块地来特意给种的，所以，我父亲抽烟就像喝井水一样方便。他一根接一根地抽，话却一句一句地越发少。在我父亲那些话当中，我确切地成了李振声的堂弟。我父亲告诉李振声：“堂弟在广州，有能帮得上的一定要帮助，广州人那么多，随随便便哪里会去帮一个人的？你们是堂兄弟，要互相帮助。”

我父亲的话连三岁小孩儿都能听出来，他一直在强调我们之间的关系。先是我们堂兄弟的关系，接着是我们廖家叔伯的关系。我父亲说话简直就像我们剥棉花，把那些还没完全脱壳的棉花，一下一下地抽出来，一旦白晃晃的棉花完全裸露出来，又白得让人不忍接手。说实话，我父亲的话，真的白得让人难以接口。

我堂哥真不愧是个做大事的人。他一直得体地微笑着，只顾应承，似乎从一开始，就下定了决心，说什么都是一个反应，点头、微笑、应承，做足一个后辈的样子。从我们一路开车聊天所得到的信息里，我知道我的堂哥李振声出入各种领导家里多次，就连市长家待客室的那张椅子他都坐过，他哪里会对一个农民感到紧张啊。只要看他那副很熟络的样子，不知道的人，还以为他在进行每年一次例行的走亲戚呢。

后来，我父亲让我先带李振声去看我大伯。我父亲说，他们把门关了之后，也到大伯家，点过炮就吃团圆饭。他还说，大伯今年在管山百货店下血本买了一盘一万响的炮，可以从树顶一直挂到泥地上呢。

那一年，我们廖家的炮的确是在我大伯家点的。按照我们这里的习惯，“炮期”当天，所有的宴席都结束了，就会商量好在一家点炮，等同于一个晚会的闭幕式。点完炮，各家的前门就必须关起来，人都必须待在屋里，一家人忙了一整天才得以围起来吃个团圆饭。迷信的说法是，因为点炮将年这个鬼从家族里轰跑，谁家都不能收留的，一口饭也不能给鬼剩的。

当李振声和我下了那辆“粤A”车，进到我大伯屋里，我没料到，李振声仿佛变魔术般，从一个后辈变成了一个下乡慰问送温暖的官员。要是当年我大伯没把李振声送走，这屋里的一切东西都应该是李振声所熟悉的。侧屋里那张敞着蚊帐的小床是做过他若干年梦的，屋角那把竹椅子没准儿就是他从小到大坐的，更不要说我大伯那双皱巴巴的手，一定是他经常牵着蹚过小河坝的手。然而，这里什么都不是，李振声如同走进了一个我们这里随处可见的贫苦农民的家。

李振声握住了我大伯的手，得体地向我大伯和我大伯母嘘寒问暖，问这问那的，几乎把我大伯家的一年四季都问了个遍。今年家里庄稼如何，床褥有没有垫电热毯，水管有没有结冰，诸如这些问题。我大伯也如实地一一回答。不仅回答了，还带李振声到处看了看，就像是在接待一个参观的客人。

我那沉默的大伯母，似乎还没来得及动感情，就被李振声这副架势搞蒙了。她只是一直抓着李振声递过来的那只颇有些厚度的大红包，站在屋子与厨房的接合处，做梦一般地看着眼前发生的事情。

好在没多久我父母就到了。我父亲一来，我大伯就积极地张罗挂炮了。他那过于积极的样子，在我看来，似乎是在一种困境中得以解脱。他自如地在自家的庭院里走来走去，又敏捷地将那串长长的鞭炮从树上挂了下来。他还从屋角落搬出一根长长的树叉，熟练地将那贴着鞭炮的树枝撩过一边，免得被炮炸了。不时地，几只背上写着“龙”字的大白鹅，嘎嘎叫着围拢我大伯，我大伯一跺脚，立马散开了。

我大伯让我点炮。我把炮引点着了，退回到屋门口，所有人都注视着大树的方向，安静地等待着爆响。然而，那炮引实在是太长了，我们廖家人就整齐地站在那里，一动不动，足足等了一分钟。那一分钟的安静，显得特别长久，我听到身后我堂哥李振声发出了些轻微的叹气，我相信我大伯也听到了，他不知道对谁轻轻说了一句：“卵毛都没那么长！”

炮终于从地面一直烧到了树顶，烧到最后那一响，所有的人都迅速地跳进了屋里，并且迅速地将大门给关上了。我们认为，年那只鬼被我们关在了门外，在那些烟雾缭绕的地方，被炸得魂不附体，四处乱窜。

还没等到开席，我的堂哥李振声做出了一个让我们都很意外的决定，他说他先回去了，要去看另外一个亲戚，明天一早就开车到县城办事，办完事就从县城回广州了。我们心里都很不舒服，但却没有一个人阻止得了他。

后来，还是我大伯说了句：“大门关上了，吃过再走吧。”李振声看了看我大伯，眼睛里毫无犹豫，又转过头来看着我，极为难极抱歉地说：“这次实在太匆忙了，下次吧，我从后门走。”我们这里的人，谁都知道，穿过厨房，家家户户的后门都可以绕过一个冷巷，直接通到前门外。

我大伯手里正好拿着一只要摆起来的崭新的酒杯，听完李振声的话，又悄悄地把它放回橱柜里。后来我父亲又再三挽留，李振声还是微笑着坚持要走。说真的，你只要看到他那个微笑的样子，你是不会跟他计较的。我不得不佩服我的堂哥李振声，更进一步地相信，他从一出生被送给别人到现在混成一个成功人士，是因为他天生就是做成功人士的料，可怜我大伯当时不具备那样的眼力，我甚至怀疑，李振声真的不是我大伯的亲生儿子，他们搞错了。

李振声跟我们告过别，就要往后门走的时候，我那一直沉默的大伯母猛地冒出了一句："前门走，前门走，头一次来家的客人，走过后门以后就不来了。"

我大伯母的话提醒了我大伯，他立刻将李振声的手臂拉了过来，很是用力地硬拽着他到前门。

那一年，我们廖家第一次破例为我堂哥李振声开了一下前门。我们将他送到门口，看着他在雪地里发动起那辆黑色的"粤 A"车，在院子里掉了个头，一溜烟开走了。

我父亲一直对那次开门耿耿于怀。还好那一个整年，我们廖家并没有遇到什么坏事。我父亲经常埋怨我大伯："应该命令他留下的，你这个当老子的，家都没有个家规了，没卵用的。"我大伯听了之后，只懂得嘿嘿地笑，仿佛老子在替儿子受罚一样，无怨无悔。

等我过完年回到广州后，我父亲的电话就追来了。他仿佛受了惊吓一般低声告诉我："在李振声送来的取暖器的盒子里，有一只大红包，数了数，里边放了五千块，五千块，半个万哩！"我母亲在一边嘀嘀咕咕地说："半个万，要不要还给人家？也不知道你大伯那里给了多少？"

在我们农村，做人情都有个规矩。小辈包给上一辈的红包，无论有钱没钱，都一视同仁，不能多给也不能少给，一碗水端平，这样才不容易出纠纷。所以，做人情之前，他们总是要商量，一商量，谁都捂不住的。我的堂哥李振声包红包，就破了小辈的规矩。

最后还是我做了决定，将那半个万先留着，事情办不成，再退还给人家。

五

这几天，我对帮助我堂哥拆掉档案里的那个"炸弹"进行了全方位的思考。我明确告诉李振声："在柜台上顶着摄像枪镜头去消灭他档案里的那一页'污点'，那是绝对不可能的事情，我不是魔术师，不可能将一页白纸黑字变走却毫无痕迹。"我堂哥也非常同意，他说那样一旦被发现了，饭碗都保不住了。我一听就来气了，我郑重地告诉他："这还不仅是饭碗的问题，销毁档案是犯法的，要吃牢饭的，你以为我们的工作是搞耍的？是要故意给你们制造麻烦的？我们每天都戴着法律这顶帽子的！”这样一说，我堂哥李振声立刻表现出万分感激的样子：“对对对，实在给兄弟添麻烦了，你经验丰富，想想办法，做事情总是要有人帮忙，我们两兄弟以后在广州，一定要互相帮助的，对不？”

在此之前，我还从没干过这样的事情。不过因为我堂哥有一张利嘴，在他对我们档案库工作东问西问之下，我们两个人就好像玩拼图一样，一点儿一点儿地将一个完美的方案想出来了。

那天下午，我趁着帮一个叫林学兵的人转档案的时候，先是在 L 柜，到 X 栏、B 列里找到那人的档案，接着又在 Z 栏、S 列很快地翻到了李振声的档案。掂量起来，我猜那档案袋里根本就没多少页纸，当我想到就是这几页纸当中，其中有一张必然记载着我堂哥李振声的不良记录，我的心不知道为什么怦怦怦地跳了起来。

我将这两份档案叠合在一起，左右望了一下，很快就按照计划将这两份档案一起带进了我们档案库里唯一的一个厕所。这个厕所平时没什么人用，因为我们人才中心五层楼的每层拐角的地方，都设了厕所。档案库占据了一整层楼，厕所自然也就固定在那里了。偶尔遇到找档案的人一时内急，也会用这个厕所。

这个厕所是我和李振声设计方案里最重要的一个环节。我必须在没人看见的情况下，进到厕所，关上门，迅速地将李振声的档案袋打开，迅速地将那页不良记录找到，撕掉以后，丢进马桶，放水冲走。那样，走出厕所的时候，我堂哥李振声的历史就堂堂正正、一清二白了，即使摆到法官的面前也找不到一点儿蛛丝马迹了。

当时，我和堂哥李振声商量到这个环节的时候，他既兴奋又迟疑。他知道，那样一来，他那一页不良记录就完全暴露在他的堂弟面前，说不定还会暴露在管山县梅林村廖家面前，暴露在他那个亲生父亲面前，他就会像一个穿开裆裤的小孩儿一样，被大人指着刚刚尿完的小鸡鸡笑着说："卵毛还没长出来，就学会耍流氓啦。"我堂哥李振声不得已地做出一副轻描淡写的样子对我说："唉，其实也没什么大不了的事情。就是嘛，那个时候年轻，对女人特别好奇，从小到大没见过女人的奶，连老娘的奶都没机会见，所以，在大学里，偷偷爬进过女生浴室，看女学生换衣服，头一回看到了女人的奶，结果受了处分。"

我对我堂哥李振声那页不良记录曾经做过很多猜想。我想，按照他从小就那么优秀来看，在大学里即使犯错误，一定也是高级错误。比如说思想激进、带头闹事甚至静坐游行这一类的，我万万没想到我堂哥李振声犯的竟然是这样的低级错误。要是我堂哥晚生几年，跟我一样，就可以在念大学的时候，一群同学跑到街上看两块钱连场放映的三级片，想看女人的奶还不简单？

我认为我堂哥太不值得了。放弃档案不说，最后还搭上我也要为那两只奶冒一次险。不过，这些话我没好意思说出口，因为我堂哥最后说了句话，让我感到很难过，他说："从小没亲娘的人，对女人似乎特别感兴趣。"

在厕所里，当我紧张地将那只档案袋打开，企图要寻找到那页不良记录的时候，我更加认定我堂哥太不值得了。你知道我看到了什么？用一句过时的话来说就是："大好山河一片红！"我一页页地看到了李振声的资料：

一、党团资料：管山一中出具的加入共青团的证明；读管山高中时写的一份入党申请书；几份思想汇报；一份入党介绍信。

二、高考后的资料：一份管山高中毕业生登记表；一份高等学校招生政治思想品德考查表；一份高等学校招生统一考试考生体格检查表；一份高等学校招生志愿表。

三、大学的资料：历年来的成绩单；大学生信息表；几份获奖及奖学金登记。

就这些，没了？没了！

我堂哥一直在寻找的那张不良记录压根儿就没有！

说实在的，我除了不相信这个结果之外，还感到了深深的失望，要知道，我父亲在我采取行动之前，几乎每天给我打一次电话，仿佛这是我们廖家人有史以来共同面对的一次紧张的战斗。

我始终不承认这是一次徒劳的冒险，正如我始终不相信命运是会开玩笑的。命运怎么会开玩笑呢？命运是那么严肃认真、白纸黑字地记录在案，老老实实地待在我每天必经的档案库里。命运也确确实实地起到过重大的、极其负责任的作用，这一点，从我堂哥从小送给别人，到现在又要找回我们廖家就足以证明了。

基于某种心理，我只是对我堂哥说："搞定啦，里边的不良记录已经被我冲到马桶里了，想找都找不回啦，要在记忆里才能找回啦！"他高兴得手舞足蹈，连声说："好兄弟，真是帮我大忙啦！"当听到他这话的时候，我的心里猛然一松。我相信我的高兴和轻松跟他一样多。我多次听人说过，亲人之间的感情是有感应的，因为他们流着同一个源头的血，基因与基因之间是会相互触碰的。此刻，我完全能体会到我堂哥的那种如释重负。它们与我对隐瞒真相的不安如释重负一样多。我是这样说服自己的，无论我怎么说出这件事情，结果都是——解决了。

我堂哥李振声某一天拿着调档函到我们中心办理调档，

他轻轻松松地跟别人一样，索取号码，等候。当电子语音叫出他手上的号码时，他是被叫到了我另外的同事的柜台上办理。那份在这里沉睡了十六年的档案，被一个陌生人堂堂正正地装进了一只机要信封，寄往了李振声未来命运的归宿地，抵达了他要开始的另外一段精彩人生。

很长一段时间以来，我都跟我大伯一样，在做一个梦。只不过，由于这个梦过于现实，因此也显得很真实。我认定李振声有一天会帮我，因为他无论如何都欠我一个人情。我们管山人，一年到头都喜欢做人情。人情不是白做的，是种瓜得瓜，种豆得豆的盼头。我希望李振声有一天能开口，让我便宜买到一套房子。在我看来，他们这些房地产商人，买房子简单得像庄稼人用自家的棉花给自己做棉袄一样。

调走档案之后，我好几次给我堂哥李振声打电话，约他聊天，或者想要去他家玩，他都以刚到新单位太忙乱的借口拒绝了。再后来，他干脆就将我的电话转到了秘书台语音信箱。最后一次拨打他的电话号码，竟然就是空号了。

李振声的档案一转走，只在我们人才中心留下了曾经托管的记载了，电脑查找得出的结论是：参数无效。我的堂哥李振声在我的生活中也留下了一个查无此人的记录。

有的时候，我会很懊恼。懊恼的时候我做过很歹毒的设想，我想我应该跟那些黑帮电影学一招，我只要告诉李振声，他那一页不良记录我始终没有销毁，我还捏在手上，我可以让它消失也可以让它出现，就好像我手上捏着他李振声的卵蛋一样，我完全可以把李振声的命运当作人质。

我跟我父亲抱怨堂哥。我父亲也没办法，只是连声叹气说："唉，你大伯这个儿子，就是个没良心的东西，从小到大都这样，连人情都不懂讲。"

我的懊恼无处消散，只好朝我父亲吼了起来："那卵人哪里懂得人情，他从头到尾就知道走关系！"

我父亲哪里知道，在农村里走人情这种事情，一旦被挪到大城市里，就成了走关系了。而关系是多么脆弱、多么容易断的一种东西啊，它没有什么血缘之分，更没有什么情感可言。它就是屋檐下的蜘蛛捕食时，紧锣密鼓的一次织网。

今年冬天，我们管山县整个地区的冰雪比任何一个冬天都厉害。据报纸上说，这是五十年不遇的一次灾害了。我坐在卧铺大巴上，跟着一连串的车流，在高速公路上排队回家。熬了两天两夜之后，才回到我们梅林村。一看见家门，我觉得我像一个流窜犯，刚刚得以逃脱某种困境。我累得要命，话没多说，一进家就躺在床上睡了过去。

我那一睡把他们都吓死了。我从当天的黄昏时分一直睡到了翌日的黄昏时分。听我父亲说，在我睡觉的过程中，我大伯来看我好几回了，每次我父亲都很不耐烦地像赶苍蝇一样把他赶走了。我父亲知道，我大伯就是想来问问他的儿子李振声今年有没有回家。现在我父亲认为李振声一定是我大伯的儿子了，在我父亲眼里，他跟我大伯一样精巴。

大年初一一早，我站在门口，看到我大伯牵着那头漆着“龙”字的牛，穿着雨靴，经过我们家门口，往岭脚那边去了。我跟我大伯打了个招呼，大概他没听到，没应我。

我母亲神秘地笑笑，说：“又到农安顺家赌去啦，我早就说过，牛归还了他，他总有一天还会去那边。”

一直到晚上，我大伯都没有回来。在我们要关大门睡觉的时候，我大伯母过来寻我大伯。我母亲没好意思提农安顺，就说：“他怕不是又往岭脚去了？”

我大伯母当然明白我母亲话里的意思，但是她很肯定地说：“要是那样鬼才去寻他，今早喝了一大口滚油茶，把天堂烫脱了一大块皮，还长出了一个大泡，说是到山里弄草药去了。”我们这里人将嘴巴里上腭最嫩的那个地方称为“天堂”，一直说惯了，当我给广州的同事用起这个名词的时候，他们都觉得很不可思议。农村里也知道这个世界上有个最虚无、最美好、最不可解释的地方叫“天堂”？在他们眼里，农民从一出生到长大，就只会指着看得见摸得着的东西，一路认识过来，一路认识到老。我当时被他们问蒙了。要知道，我打小就把这个看得见摸得着的部位叫“天堂”，而且我也像这里的人一样，认为烫到“天堂”是个非常不吉利的事情。

我们为我大伯整整担心了一夜。我甚至问我父亲："冰雪天，豹子不会出来觅食吧？"我父亲没搭话，只是一根一根地抽烟，一夜没睡。

第二天清晨，太阳还没出来，云朵在天上也还慵懒得要命，我就听到了一阵"咄咄咄"的声音，之后就看到我大伯跟那头牛一道，从坡下爬上来了。

一看到我大伯，我父亲就跑到雪地里，朝他嚷了一句："伢子来家啦，还不快跑？"

我大伯一听，像一根点燃了的炮引一样，窸窸窣窣地燃了起来。他连牛也不顾了，跑得很急，但是却不快，因为地面结了一夜的冰，太滑啦，我大伯跑得很受限制。在他快经过我父亲身边的时候，只听到噗一声，我大伯的屁股落地，摔了一大跤，惹得我父亲一阵大笑。他朝我大伯走了过去，一伸手，将我大伯半抱半拉了起来。

我父亲笑得眼泪水都出来了。我大伯从我父亲的笑声里，意识到这是一个圈套，随后也跟着笑了起来，两人变得大笑不止。

我母亲看着这一幕，也笑了，她说："这两兄弟，笑得连隔夜的冻鱼都鲜了。"

暖死亡

一

林求安轻轻地下了床，在黑暗里，两只光脚往下一伸，很准确地套进两只鞋里，然后轻巧地在地上站起来，又轻巧地举步走出了自己的卧室。

一走出卧室，林求安便进入了白天。阳光灿烂，人来人往。

林求安熟门熟路地来到了电子大厦。看门的保安没有拦住他，他跟保安笑了笑，然后自觉地在桌上摊开的一个登记本上，在上一个进入者的名字下写下了自己的名字。

这里是林求安工作的大厦。

13楼，林求安用胸口对着电子眼晃了一下，"嘀"的一声，自动门就打开了。林求安总是把门卡放在胸口的袋子里，懒得用手去掏。同部门的小汪每次看到他这个样子，就会笑他又用胸脯开门了，如果他是个女人，大概卡都用不上，只要把胸脯凑到电子眼里，芝麻开门，这个部门里的门一律自动打开了。这个小汪，想女人都想疯了，快四十岁都没找到一个合适的当老婆，也难怪。当初林求安跟张小露结婚，也是这个小汪当着张小露的面说："林求安哪儿都好，就是喜欢吃零嘴，跟个女人似的。"林求安一下子窘得要死，虽然当时张小露得体地微笑着对小汪说："我就是喜欢他爱吃、能吃。"可是在林求安那时看来，这仅仅是张小露擅长公关的一个表现。

林求安坐到自己那一格的椅子上，将桌面上的文件打开，沉默地开始了他一天的工作。

在林求安工作期间，部门里的人不断地走过来走过去，林求安看上去一点儿都没有理会他们，可是，他的耳朵却在仔细地追捕着那些声音，除了前后左右交谈的声音，还有电话对电话交谈的声音，偶尔安静下来，就是敲打电脑键盘的声音。林求安在自己那一格不到两平方米的办公桌间，无法伸展腿脚，可是却把注意力伸展得很开阔，这些注意力跟随着他的血液蔓延到了每一个极限的地方，复印区、传真区，甚至茶水间、卫生间……林求安的身体被四面八方扯住了，绷得紧紧的，以致很多瞬间他都有缺氧窒息的危险。

最后，林求安对自己说："下班了。"

下班吧。林求安站了起来，旁若无人地穿过了那些区域，复印区、传真区、茶水间、卫生间……

跟来的时候不同，林求安下班的时候总是显得很匆忙，他飞跑了起来，一条街、二条街、三条街，林求安跑着跑着，身体就无法控制地起飞了。他首先轻而易举地掠过了扑闪扑闪的红绿灯，一下子又经过了这个城市的大钟楼的钟摆，后来他又飘过了那栋一直备受争议、还没有拍卖出去的 63 层大楼的茶色玻璃，最后他的脸上感到一阵微痒，林求安仔细一看，原来是一只长尾巴的大鸟，夺了他的路之后，用尾巴示威一般地扫荡过他的脸……

这样飞跑着的林求安，终于看到了一排顶着红帽子、蘑菇一样的大楼，只要看到了这排“红帽子”，他的家就不远了。因此，林求安开始减速，一减速，林求安就慢慢地低了下来，一低下来，他就看清楚地面了。这是黄昏的河南片，是这个城市的老城区，有着复杂的地形，尤其是那些七拐八拐的小巷子，会莫名其妙地伸出了一条腿，一撂，人就迷糊了，失去了方向，差点儿摔跤。林求安很有技巧地使自己的身体刚刚升出那些复杂的小巷子几米高，这样，他就不会被那些脚撂倒了。他低低地边飞边看着下边的人，那些严肃着脸下班的人，疲倦地在小巷子里钻来钻去。

林求安看到一个巷子角落里有个中年女人，挑着一箩筐的贡梨在卖，又黄又大的贡梨在黄昏的箩筐里挤来挤去，随时都有被挤破出汁的可能。林求安被这些可爱的梨弄得心里很难受，多么好的东西啊，这样放着多么遭罪啊。林求安这样想着的时候，嘴巴里的津液一下子多了起来，他努力使自己飞得更低，眼看着就要落地了，然而，他用尽了全身的力量使得自己的身体平衡，轻盈地飘到了那些贡梨的前面，两只手一捞，就拯救了几只可爱的大贡梨。

林求安手里举着几只大贡梨，心里一乐，就又升起了半米，继续往家里飞去。

当林求安从自家卧室的窗户里飞进去的时候，力气已经花得差不多了，他气喘吁吁地降落到了床上，重重地一摔，四肢便像一摊水一样漾来漾去，好多次一条腿就差点儿漾到了床下，又被他有意识地往回漾了几厘米。就这样漾来漾去的时候，碰到了一些异物，凉凉的、软软的，却又是坚定不已的。林求安企图睁开眼睛看清楚这个异物，眼睛却愣是不听使唤。然而这个异物在水里摇动得实在太频繁了，实在太卖力了，搅得林求安非常不舒适，他猛地睁开了眼睛。

“求安，起来了，漱口了。”

睁开眼睛的林求安看到张小露端着几只洗得干干净净的大贡梨，用手使劲地摇晃着自己的身体，一边摇晃一边喊叫。

这是林求安卧室里的清晨。跟往常一样，林求安被老婆张小露摇醒，然后在床上睁开眼睛，又闭上眼睛，轮番几次，直到张小露把贡梨放到他手上，林求安一举手，一张口，一股冷冷的蜜汁瞬间变成了无数双手，挠拨着林求安的每一根神经，林求安才真正醒了。

每天睡觉醒来，林求安都是飞跑过后了，连睁开眼睛的力气都没有。所以张小露索性将水果放到他的手上，用那些清凉的水分以及在林求安看来是很美好的果实的形状，去刺激林求安睡着的神经。

林求安在床上用水果漱过口之后，就艰难下地了。他先是把一条腿移到地上，张小露把鞋子准确地放在离床50厘米的地方，他的腿一伸，刚好踩进一只鞋里，可是他并没站起来，等到这只脚完全控制好那只鞋后，他把另外一条腿也从床上伸了出去，另外一只空的鞋子也被张小露量好了尺寸，放在离那只鞋子20厘米的地方，这样，林求安的两只脚就完全控制住了两只鞋子。林求安十个脚趾动了动，一运气，使自己站了起来。

林求安拖着沉重、疲倦的步伐，缓慢地从卧室艰难地移到了客厅。从窗外射进来的晨光形成了几道光柱，直接照在饭桌上、茶几上以及电脑桌上的那几堆食品上，这在林求安看来，它们像几堆金子一样发着光。金黄的、翡翠绿的、通红的，各种颜色调动了林求安的食欲。此时，充满了食欲的林求安在通往这些食品的道路上，那种睡醒过来的劳顿和压抑才稍微有了一些改善。他知道，在接下来这一天的时光里，只是一个从舌头到喉咙、从喉咙到食道的短暂过程而已，他因为这种简单和熟悉的吞咽所带来的自信，随即愉悦了起来。

林求安坐在屋子里，对着窗外美好的朝阳咀嚼着，吞咽着。他的动作是那么舒缓，将食物放到嘴里，吮吸、切割、咀嚼、吞咽，等等，跟机器一样准确地分工，一点儿差错也不会出。

林求安200公斤的身体如一座大山般静默，只有两颊的肌肉在有生命地运动着，无穷无尽地重复律动着。在这样的律动中，他身体内部有一条肉眼看不到的河流，从他的喉管一直奔腾而欢快地流淌下去，这就是林求安整个世界的律动，仿佛天真的塌下来也无从阻挠他的这种奔腾的欢快。这动作又是那么持久，以至于他把朝阳都咀嚼成了夕阳，自己都浑然不觉。

二

说起来，林求安算是较早一批的SOHO族（家居办公族，指专门的自由职业者），他在家把时间切割成了若干工作段，如黄瓜时段、鱿鱼丝时段、花生时段、饮料时段，当然也安排了嘴巴歇息的时段。那些藏在食物里的精灵就是一个个字符，林求安每天的任务就是将这些零散的字符拼凑成一篇篇无懈可击的文件报告，而他的上司就是林求安的味蕾，由它去评判任务完成的出色度，并做出奖赏，或者是一小片多掰下来的巧克力，或者是厨房里存留的一块烤鸡翅膀，有的时候也会是一大块计划留待明天才消灭的芝麻酥糖。

三年前，林求安还在本市一座电子大厦的 23 楼当一名企划业务员，属于白领，妻子张小露则在某个机关里当财务。女人收入稳定，男人不断加薪，这种组合，是近年来白领阶层比较满意的一种。要不是林求安贪吃，他们的日子不久就会变成那种住公寓、开小车的现代都市生活模式，而不是眼下这种张小露每天从单位坐公交车下班、小葱小蒜往家带的小里弄模式。

直到有一天，林求安平静地下班回来，跟张小露说他辞职了。张小露用那种死都不能相信的样子向着林求安，林求安去喝水的时候，她也那样向着他；林求安剥开一包薯片咔嚓咔嚓地吃的时候，她也那样向着他；林求安站在马桶前小便的时候，她也这样向着他，最后，尿了一半，林求安在镜子里看着张小露无奈地说："我被炒鱿鱼了！"

下午的时候，林求安把做好的文件拿到部门经理刘梦的房间里，刘梦不在，他走到刘梦的桌子旁边，将文件夹平放在一个显眼的位置，而在同样显眼的位置上，林求安看到了一块还没拆开的牛肉巴，牛头牌的，麻辣味的。林求安在上班时间经常冒出的馋瘾一下便发作了，他立即看到了那些小精灵，围绕着自己的脑袋跟蜜蜂一样嗡嗡地攻击着自己，那些蜂针蜇在自己的头上和脸上，痛感却反应在嘴巴里、舌尖上，一点点地渗出了痛感的津液。

等林求安将这块牛肉巴咀嚼完毕，时间仿佛过了一个世纪。

刘梦从办公室径直走到林求安的位置前，事实上她的内心并没有她表现出来的那样愤怒，她甚至满心兴奋，对于林求安这种好吃懒做的员工，她早就看不顺眼了，这次终于找到了惩罚的理由。

“谁偷吃了我的牛肉干？”

精明的部门经理把声音的重点放在“偷吃”两个字上，不容辩解，只需承认。

林求安抬起头来，看到刘梦那双鄙夷的眼睛盯着自己，林求安才意识到问题的严重性，到底是承认还是赖账？而刚才那些围着他转的小精灵们一下子都被驱散了。

“林求安，你刚才送到我桌上的文件做得一窍不通，难道你不知道？除了吃你还会做什么？”

同事们都明确地围向了林求安的桌子边。

林求安坐在那里一动不动，牙齿缝里有一绺牛肉丝，他用舌头弄了半天都弄不下来，这绺牛肉丝同时也塞住了林求安思维的滚轮，他想求助于自己的手，可是手却仿佛被刘梦的目光绑在了桌面上。这绺麻辣味的牛肉丝跟林求安的舌头和思维发生了纠葛，而这种纠葛才是林求安一生的至爱，他被缚其中，一生一世，心甘情愿。

同事们开始劝部门经理了。看上去是为林求安求情，实际上是在给经理扑火息怒。

良久，林求安听到经理还在一边持续地强调："这是一件小事情，真的是一件小事情，不就是一块巴掌大的牛肉干吗？可是，以小见大，如果这块牛肉干是我们公司的商业秘密呢？这真的是一件小事情……"

林求安听着听着，他的手和脚恢复了活动的权限，他的眼睛重新看到了经理那双鄙夷的眼睛，他将桌面上的那个深灰色的文件夹举到了自己的嘴边，一下咬断了一角。

人们先是惊愕，等到反应过来的时候，林求安已经咬下了第二口，人们才赶着去把林求安的文件夹抢了出来。

最后，刘梦认为林求安精神出了毛病，以放长假的理由将林求安打发回家了。

在这种企业里，放长假就是待岗，说得难听点儿，就是炒鱿鱼的意思。

张小露接受了林求安被炒鱿鱼的事实，却难以接受林求安的这件"小事情"。那块牛肉巴在林求安的胃里仿佛反刍到了张小露的胃里，有的时候又反刍到张小露的心脏中，当然有的时候也会反刍到张小露的脑后。

总之，那块麻辣味的牛肉巴就像一块粪便，在张小露的人生长河里一路荡漾，时而浮现，时而隐没。

继续找一份工作对于林求安来说其实不算一件难的事情，事实上林求安也确实进行过第二份、第三份工作，可是不知道为什么，每当坐在写字楼的凳子上，林求安就会被那些越来越多的小精灵围攻。在林求安打开电脑的时候，那些小精灵就附在屏幕上，阻挡了所有信息的传递；在林求安敲打键盘的时候，那些小精灵又神不知鬼不觉地拼命霸占着回车键，留下一行行空白；好不容易林求安站起来发传真了，那些小精灵要么在他必经的道路上蒙上了他的眼睛，让他不是掉文件就是摔跟头，要么就在传真机的色带上沾满巧克力酱，将文件内容糊成了一方方甜美的巧克力。甚至，在林求安走进写字楼大门口的那一瞬间，这些小精灵会变成一群数不清的蝗虫，围着林求安的肉身咬着扯着，试图将他吞噬，直到林求安掉转头迅速回到家，坐到沙发上举起一种食物送到舌上，那些蝗虫才又变回甜蜜的小精灵，在林求安的四周歌舞升平。

自从林求安被炒了鱿鱼之后，张小露仿佛跟食物结下了不解之仇，每次去超市，她就像一个强迫症患者一样，食物堆满了手推车还不够，还用食品袋在手上艰难地吊着几大包东西。

一进厨房，那种仇恨立即变成了对烧菜的贪婪了。要不是因为厨师职业没有现在的机关工作那么有保障，她都想辞职去酒楼里。将一大盘一大盘的菜倒进油锅里，听到那些食物遇到热油便“刺啦刺啦”地响，仿佛是朝她叫着“救命”，她就能感到幸福。

在厨房里，她把烧菜的材料摊开到炉灶的面板上，整个外界就与她没有任何一点儿纠纷了，她满脑子就只剩下了胡萝卜和西红柿或者牛腩和羊杂碎之间的恩怨纠葛，红烧辣焖与清蒸煨炖之间的快意恩仇，而张小露就是一个统帅，调兵遣将，随心所欲。

刚开始张小露还按照牌理出牌，循规蹈矩，主菜配菜，一点儿不敢串味儿。可是有一次，她竟然把花椒粉当作味精倒进了一盘就要起锅的清蒸鲫鱼里，结果林求安反而吃得津津有味，连汁水都舔干净了。她奇怪地问林求安："这样烧好吃吗？"林求安连连点头说："好吃，够味。"张小露每每看到丈夫近乎贪婪地享用着自己烧的菜的时候，不知道为什么就会感到兴奋，一股暖暖的液体似乎从肚脐下方蹿到了脑袋上，直到被林求安的吃相弄得亢奋不已。

从那以后，张小露就开始着了迷般地对烧菜进行天马行空地创造，再也不肯按照牌理出牌。只要市场上能买到的食材，她都尝试着搬回家制作，每一次烧菜都是对前一次烧菜的颠覆，每一次烧菜都是对后一次烧菜的挑战。说来也奇怪，无论张小露在烧菜上做出如何先锋的尝试，林求安都照吃不误，不仅照吃，还在这些冒险的味觉中咀嚼到了食物各种形态的精髓。他醉心于张小露端上来的每一盘菜，以对待新生婴儿的态度对待它们。

可以这么说，两人一个忙着烧菜，一个忙着吃菜，张小露和林求安各取所需地享受着，这种享受，就跟油和盐的搭配、木耳和滑肉片的搭配、烤鸭和甜面酱的搭配一样，相互汲取，相互利用。

每天下班回家，张小露左手和右手从来都不空。家住在二楼，可不少时候张小露提着那些沉甸甸的食物，爬几级楼梯就耐不住要停歇一会儿。最使张小露感到头疼的是，她必须两次放下手中的东西，开两次门，一次是大楼的铁门，另外一次是自家的家门。每当张小露来到铁门口，都先将手上的若干个塑料袋子一个一个卸下来，然后掏出钥匙，将铁门打开后，用自己的屁股顶住铁门，再转身将那些散落在地上的塑料袋一个一个重新挂回自己手上，最后才成功地走进大楼里。这些时候，遇到有邻居帮忙，张小露反倒更加窘，因为那些人都会问张小露："家里没人？"

林求安当然在家，可是只要张小露不在家，家里等于没有人，就算快递员或者抄水表、抄电表的人在门口把门拍烂了，里边都没有丝毫的动静。那些时候，张小露想象得出来，她的丈夫林求安正在客厅里，慢慢地咀嚼一块牛肉干，或者正在将一块巧克力递到嘴里。

张小露知道，推开门，她就能欣赏到一幅很有功力的油画，这张画儿是一幅静物画，有着恒定的线条，有着光与影雕刻出来的不同层次的颜色，林求安就融合在这幅静物画中，张小露感到一种和谐的温暖。林求安的呼吸道因为脂肪的挤压，喘气动静很大，也因为脂肪囤积起来的温度总是那么恒定，这些温度烘托下的一切，包括流动的空气，包括那些固定的茶几、桌子、电灯，甚至冷冷清清的电话机，都无一不带上了暖流，形成了一个林求安的气场。这种温暖，使张小露手上的东西全部失去了重量，好像拎着几大包棉花一样。她轻轻地走到林求安的面前，一放下，她的整个身子就顺势坐到了林求安的身体上，柔软、温和，如坐凌波上荡舟，而且一荡就是烟波浩渺，世事如烟。

张小露对林求安的爱，不仅跟着林求安的食欲一起膨胀，而且也跟着张小露日益精湛的烧菜技能一起膨胀起来，你可以说它没有斤两，然而却在她精心做给林求安的菜肴中，以及林求安那没有任何曲线和轮廓的肥胖的身形里称出了沉甸甸的分量。

三

大概除了张小露，没有一个人不认为林求安生病了，但却谁也说不清那是什么病，出自什么原因。一个大男人，吃着吃着就成了一个大胖子，体重越来越重，话语越来越少，整个人越来越迟钝。

张小露承认林求安从140多斤的体重长到400斤是个事实，她也承认林求安现在的嘴巴多用来吃食物而不再舍得发声，然而，她却不承认林求安迟钝。相反，林求安越来越灵敏了，他就算闭着眼睛都能把张小露摆在桌上的食物一一辨认出来，连那些真空包装的还没拆封的食品，他也能准确地通过鼻子将它们分离出来。当然，这都只是林求安拥有的一些基本功而已。

每当张小露在厨房里忙乎的时候，林求安无论待在房间的任何一个位置，他都能准确地判断出张小露此一刻进行着的步骤，更重要的是，他必能在关键时刻及时指出在他看来是技术上的一点儿瑕疵。

“排骨，两勺糖。”

林求安分辨着空气里的味道，及时地冲厨房里的张小露喊了出去。

张小露手里必定正拿着一小勺白糖，正要朝锅里的红烧排骨投放下去，听到林求安的声音，手上改变了分量，直接将两大勺白糖撒到了泛着金黄颜色的肉骨头上，不一会儿工夫，那些闪亮的晶体便刻骨铭心地融化在了一大锅红烧排骨里边，变成了寻找不到的精灵。

有很多这样的寻找不到的精灵时刻都在跟林求安捉迷藏，可是，这些精灵在林求安的味蕾里统统原形毕露，恢复了它们依附在食物当中最原始的形态。

有一天黄昏，张小露把掐剩的青菜梗像往常一样要送给隔壁家，还没走到门口，就听到从沙发上传过来的林求安的声音。

“兔子没了。”

张小露朝林求安看去，去找他的眼睛，由于脸上的赘肉往下沉，林求安的眼睛轻易找不着。加上他一脸沮丧的表情，似乎所有的五官都披挂在一脸肉上簌簌地往下掉。

“什么没了？”

“兔子。兔子被宰了。”

“你看到了？”

“用八角给焖了。”

说完，林求安一个深呼吸，整个身体很艰难地向上提了半寸，一呼气，沙发就响了起来。

张小露很不相信地看着林求安，根据她的判断，林求安是不可能跟邻居有任何接触的，更不用说见面聊天了。

林求安没再多说什么。

张小露将信将疑地出门了。

过了一阵，张小露果然将那把青菜梗捧了回来，如林求安所说的，隔壁家那两只小白兔真用八角给焖了。

小白兔在隔壁家已经养了大半年了，几乎每天张小露都会将掐剩的青菜梗拿过去，有的时候还亲自拿到阳台上去喂，两只红眼睛的小白兔咀嚼青菜发出的沙沙声，总是让张小露感到愉悦，而小白兔从半斤不到一直长到 3 斤多重，张小露不能说没做出贡献。在笼子里被圈养的两只小可爱，没想到会有一天因为长大而被主人焖了吃。

隔壁家说：“两只兔子体积太大了，笼子太小，转身都难，过去看到它们在笼子里嬉闹、追逐，还挺有趣，现在长大了，像老夫老妻一样，整天各据一边，相对无言，傻乎乎的。宰掉一只嘛，又觉得活下来的那只可怜，只好两只都宰了，可以吃好几顿呢。”

张小露临走的时候，隔壁家还热情地让张小露带上一碗兔肉，张小露心里一阵难过，谢绝了。

整个晚上，林求安和张小露都显得十分不安。电视开着，演什么都不知道，倒是林求安在旁边隔一段时间便将一样什么东西送到嘴巴里，咀嚼的动静很奇怪地仿佛比平时都大，似乎整个屋子里都有咆哮的趋势。

林求安一个人在家的时候，闻到隔壁屋飘过来的八角味非比寻常，于是停下吃东西的动作，聚精会神地分辨着这股肉味。一种筋肉分离的火候，一种精华一般的新鲜，一种难以表达出来的诱惑，乱七八糟地聚集在林求安两腮。他仿佛处于一座黑不见底的矿窑，四壁逐渐渗透出危险的水，越来越多，越来越浓，就要将他给淹没了。林求安感到一种无法自救的窒息，而这种窒息却带给他幸福感。

他还很困难地从沙发上站起来，走到门边离隔壁最近的一个缝隙，尽量地贴近着、吮吸着。最后，他判断出，这种幸福的味道一定是张小露每天一把青菜梗去喂养的那对小白兔。他没见过这对小白兔，但是他确定，它们一定肥美，一定白嫩，活脱脱一个丰乳肥臀的大美人。尽管在林求安的脑际很多年来都没再出现过这样的美人形象了，可是这两只八角焖白兔的味道，却撩拨起了林求安的幻想，这幻想随着这股馥郁的味道与林求安纠缠了起来。

不多久，张小露无精打采地进自己的房间睡觉去了。

林求安依旧在沙发上沮丧地幻想着，那盘没吃着的红烧兔肉，一直盘桓在林求安通往睡眠的走廊上，他的味蕾一直处于亢奋的状态，他的舌头一个晚上都直挺挺的，那些像以往一样进入他嘴巴里的东西，头一回那么难对付，他的牙齿无法往下合，舌头无法向内卷，那些甜蜜的小精灵也全都跟无头苍蝇似的。

林求安从没有过的烦躁，他居然站起来踱步了，先是从客厅到大门口，几个回合后，延伸了路线，从大门口到卧室走廊，又几个回合后，又延伸了路线，从大门口到卧室的门口。林求安的卧室和张小露的卧室是并列的两个门口，林求安在里边，张小露在外边，林求安走向自己卧室门口的每一个回合，都经过了张小露的卧室门口，他的小眼睛看不清楚里边床上的张小露的形态，但是每次经过张小露卧室的门口，他都能闻到一股馥郁的芳香，肉的、骨的、筋的、皮肤的、指甲的、毛发的，这些混合的味道在林求安的每一个经过的回合里，在林求安亢奋的味蕾的分辨下，都组合成了一床的盛宴，召唤他入席。

张小露是被林求安的呼吸声吵醒的，在黑暗里，她感到了一阵袭向自己的风声，等她睁开眼睛，看清楚了一个巨大的阴影正朝自己挪动，她差点儿尖叫起来，经过大概两秒钟的辨认，张小露就认出了这个山脉一样挪动的、带着暖气流而拥过来的物体，是与自己相守了多年的丈夫林求安。

这座温暖的大山坐落到张小露的床上的时候，张小露被床的弹跳震清醒了，可是她依然猜不出林求安的意图，只是因为位置的逼仄，她自然往床的另一边移了好些位置。

林求安找够了床的位置，先是把一只脚伸了上去，另外一只脚依旧不急着跟上，而是呈 90 度支撑在地上，然后借用地板的力量，将身子平放在张小露的枕头边，再借用地板的力量，将身子稍稍侧向张小露的一侧。最后，那另外的一只脚就不动了，始终保持着与地板呈 90 度的姿势，向地板借着力量。

张小露内心狂跳不已。她在等待的过程中，脑子里竟然还滑过一句古话："食色，性也。"她朝黑暗腼腆地笑了一下。

林求安用嘴巴去寻找张小露，张小露被他弄得痒痒的，同时，沉睡了多年的欲望也排山倒海地四处寻找出口。林求安找到了张小露的头部，先是吮吸了一下张小露的脸，然后又在张小露的鼻尖上停留了几秒钟，当他进入张小露的嘴巴里，跟张小露的润湿的舌头刚一接触到，林求安那直挺挺的舌头便迅速松弛了下来，并顺势平躺在张小露柔软而嫩滑的舌头上一动不动，似乎连生命都没有了。

不知道这样过去了多少时间，张小露变得不耐烦起来，呼吸也有点儿困难，于是她挣扎着要把林求安的舌头推出去。林求安的舌头在张小露的行为中也逐渐复苏了，从一条死蛇变成了一条猛龙，它吮吸着张小露的舌头，牙齿也加入了这些贪婪的需求中。

最后，张小露在一阵剧烈的疼痛中使出了生平最大的力气，将自己抢救了出来。

“林求安，你就吃死算了！”

张小露的哭声在整个黑夜里显得那么空旷。林求安始终支撑在地面的那只呈 90 度的脚，被这种空旷抛弃了，他轰然跌坐在地板上，脑子里一片空白，跟这夜的颜色形成了强烈的反差，他像坐在空中一样，沉重的肉身让他无法登陆一方。

四

这是在张小露与林求安的婚姻生活中首次出现的僵局，

这种僵局并不因为每天晚上 7 点新闻那熟悉的前奏而变得有些许熟络以及缓和。

尽管好几个晚上，张小露跟林求安都坐在客厅里，脸朝同一个方向，跟在那个钟点的大部分中国公民一样，目光朝同一个焦点集合，耳朵接收着同一频道的信息，但是，张小露头一次感到她的丈夫林求安那么庞大地占据在自己家里，像一个从天外偶然着陆的不明飞行物一样。同时，她也头一次在林求安持久地咀嚼着某样食物的声音里，听到了自己愤怒或者说是嫌恶的鼻子出气的声音，在她的脑海里，甚至避开了主持人几十年如一日字正腔圆地吐出的字眼儿，头一次出现了诸如肥猪、笨瓜、饭桶、大草包这样的字眼儿，这些字眼儿的所有指向不但没有使她有发泄的快意，反而使她更加忧伤了。她的忧伤是因为自己无法去解释，自己怎么可以这样嫌恶自己的丈夫呢？怎么可以这样嫌恶自己丈夫吃饭、喝水甚至呼吸的声音呢？

没等天气预报播完，张小露就早早走进自己的房间，并且关上了门。灯不开，被子也不敞，只是倒在床上，待了一阵子，眼泪顺着眼角淌了下来，有一些洇湿了被单，而有一些被存在了张小露的耳窝里，由热变成了冷。张小露在独个儿地、慢慢地哭泣中，还不时去把那些耳窝里的泪水掏出来，因为那些泪水一度挡住了房间外面的林求安的动静，这是张小露绝不允许自己人生当中出现的差错。

张小露意识到自己的人生在某个地方，一定已经出现了严重的差错，她难以辨析差错的方向，也难以当这些差错不存在。这跟烧菜不一样，在张小露烧菜的过程中，无论出现任何差错，林求安都会将这种差错缺省。林求安那只看不见的胃，一定比大海还要宽阔，比千年长寿仙还要慈祥，还要宽容，这些年来，林求安的胃吞下了张小露所有的差错，无论这些差错是有意的还是无意的。

那天，张小露在下班的路上，手上拎着的那些食物，每一个袋子都仿佛鼓着一包脾气一样，越拎越沉重，走到那条人少的林荫道的时候，那些袋子里的东西便开始张牙舞爪地挣扎，死活不愿意跟张小露回家。张小露瘦小的臂膀跟这些挣扎进行了对抗，越对抗仿佛越无效，最后，她只好将这些东西一股脑地扔到了小道的阶梯上，自己一屁股坐在了地上。张小露喘着粗气，恼火地看着散落在地上的那大包小包的东西。她用脚踢了踢那块猪肚，猪肚原先已经鼓得很胀的气包，一踢之下竟然嗞嗞地泄气了；她又去翻其中一个黑袋子，里边有几只土豆，纷纷生气地长出了长长的芽，一掀开，仿佛就要往天上蹿去了，张小露将它们逐个拍打了一下，土豆的气焰一下子竟然也消掉了，那些芽迅速消失得无影无踪；张小露还朝着一捆涨红了脸的胡萝卜生气，她喋喋不休地指责它们："你们这群懒萝卜头，来到这个世界上什么也不用想，就跟着命运一起落地、生长、结果，最后到处游荡，什么也不用搭理，什么也不用刻意选择，你们还敢生谁的气？我要是你们，感激得屁滚尿流，连大气都不敢出了……”胡萝卜在张小露一连串的指责下，涨红的脸即刻平复了它们正常的颜色……

跟变魔术一般，当那些食物被张小露一一教训后重新拎在手上时，它们无一不恢复了正常的重量。

张小露自己也松了一口气，因为教训这些被她一直认为是自己下属的痛快，竟然使她的内心滋生了一个玩恶作剧的念头：路过自己家巷口的一个小药店的时候，张小露进去买了一小包巴豆。

在厨房里，张小露小心地用碾胡椒的木碾子将巴豆碾成了粉末，然后倒进一盘刚刚烧好的香喷喷的红烧肉里，细心地搅拌均匀。

林求安毫无例外地将这一片片红烧肉送到嘴里并且做习惯性的咀嚼运动，一下，一下，又一下，节奏均匀有序，深浅力度如常。看着林求安一下一下地把红烧肉安全地消灭掉，张小露原先设想的那种痛快和解恨，竟然被眼前林求安专注的样子过滤得荡然无存，相反地，张小露所有的感觉都依附在了那一片片红烧肉上，一一被林求安送到他宽阔的大嘴里，接着在林求安牙齿的切割下支离破碎，在林求安舌头的搅拌下翻江倒海，最后顺着林求安的喉管的吞咽辗转进入一个无知的、潮湿的黑暗里。

张小露陷入了一片黑暗里。

这里是林求安无边无际的胃。在这个潮湿而温暖的黑暗地带，她头一次与自己的丈夫感同身受。她像进入了一个孕育着生命的子宫里，蓬勃而尊严，柔韧而强硬。

就这样，张小露在林求安若干次进出厕所的痛苦中，感到了无比的愧疚和悔恨。她在厨房的案板上找到了一些剩余的巴豆末，她将它们放到嘴里舔食精光，就像一个诚心要取得谅解的罪人，心甘情愿地舔食毒药一样。

五

林求安很少再梦到自己飞了。他的梦跟自己的胃一样，空荡荡的。而他的意识却像一只时刻都担心被惊吓的小鸟，一个激灵，总是让他在床上猛地睁开眼睛。

5 点 17 分。

这个钟点数在这段时间总是被林求安逮到。林求安很纳闷，每每睁开眼睛，在晨曦的光影里，旋亮床头灯，直接寻找到对面墙上的钟摆，一看，时针和秒针总是不偏不倚地搭成 5 点 17 分的角度，像一棵树的两根枝丫一样，上边栖着一只可恶的小鸟，把林求安从睡眠里啄醒。

很多次，他那样被啄醒后故意不开灯，在朦胧的光线里屏住呼吸，想要从钟摆的方向聆听一些动静。然而，这些都是徒劳，整个房间里没有一点儿响动，就连一点儿端倪都找不着。

连续多次后，林求安对这种叫醒感到很恼怒了，他相信在他陷入睡眠的整个过程中，一定有什么在捉弄他，弄得他精疲力竭。紧接着袭来的巨大的空虚，是林求安最难以忍受的，那种从口腔到胃部的巨大的空虚使清醒过来的林求安在孤单的清晨如一个弃儿。他气愤地从床上折腾着连滚带爬下来,光着脚丫走向客厅,在桌上找到一包东西,不管那是什么,一拆开就气急败坏地连嚼带吞起来。很奇怪的是，在这些时候，那些多年在林求安的味蕾里升腾起来的小精灵们全都不知所踪了，他再欣赏不到它们翩翩起舞的华丽，更捕捉不到它们甜蜜的幸福的表情，似乎从他胃的底部伸出了一双双利爪，将它们掐死。

张小露是在一个清晨被一阵沙沙的响声吵醒的。她朝着传来这种声音的方向找出去，看到了一团巨大的阴影在厨房里，借着晨光，她看到她的丈夫林求安缩着粗壮的脖子，头颅稍微向前倾，在嚼一把昨天晚上烧饭时没用光的大西芹，连梗带叶的。他咀嚼的频率是如此急促，表现出如此的饥渴，连张小露走到近旁了都一点儿没察觉。

狼吞虎咽着的林求安把张小露所有的滋味都调动了起来，她感到内心无比的哀伤，凉沁沁的。

如果说张小露把所有的享受都献给了林求安泛滥的食欲，那么，现在张小露就下决心把所有的精力都拿来压制林求安的食欲。她相信，林求安在这个屋子里找不到吃的，他是不会出门找吃的的，林求安已经快 3 年没出家门一步啦，夸张一点儿说，张小露都怀疑林求安的身体上除了嘴巴还在使用之外，其他的器官还能否正常使用。

张小露对林求安变得吝啬了起来。每当她到超市里，那些林求安一贯要吃的东西，连招呼都不打张小露都会去理会它们。然而等到张小露推着满满的购物车要到收银处结账的时候，她的舌尖总会隐隐作痛。于是，她狠狠心，找到僻静处将它们一一卸下车。

强制禁食对于林求安来说是一种痛苦的本能的压制，而对于张小露又何尝不是？她现在每天在厨房里严格规定自己只能烧三个菜、一盘汤。这样的分量早已经不能满足张小露烧菜的瘾了。很多次，她用筷子夹起一块烧好的肉尝了尝，然后找各种借口来挑剔这块肉，于是，又一盘新的肉开始下锅了。有的时候说好是三菜一汤的，可一端出来，又是五菜一汤，更让张小露对自己无法原谅的是，她有一次烧一盘排骨，竟然连续换了五种烧法，最后为了不让林求安吃掉五盘排骨，不得不把其中的三盘偷偷地倒进马桶冲掉了。那天，她又把一大盘还冒着热气的香喷喷的牛腩倒进马桶，看着它们哗一下被冲得无影无踪，她难过地趴在马桶边上号啕大哭起来。

最后，张小露自己想到了一个好办法，那就是把有限的菜尽量弄得漂亮一些，同时也可以延长她在厨房里烧菜的时间。比如一段要放到锅里炖的淮山，她会花很长的时间用小刀把它雕成一个小白兔的样子；一把准备要炒的芥蓝，她会精心把它扎成一个开了屏的孔雀；她甚至在一个猪蹄上用绣花针刻上两首古诗，然后再放到锅里焖。她每每将菜得意地端到桌上，就像端出一道道精美的工艺品，无论林求安对于这一盘盘工艺品似的菜如何熟视无睹，如何风卷残云地将它们消灭掉，她都一点儿也不心疼，因为她知道有很多明天还可以重来。

然而，随着张小露的禁食运动的开展，她发现林求安对于寻找食物的能力越来越高，需求也越来越大了。每天下班回来，她经常会有可怕的发现。她偷偷藏在米桶底部的一串香蕉无影无踪了；她到阳台去，那包被她用几层报纸裹起来的一大块叉烧却找不着了；她到马桶的水箱里想捞那几根用食品袋隔离起来的火腿肠，水箱里却只剩下了水；她到衣柜放棉被的那一格去摸几包刚塞进去不久的花生米，却再也摸不着了。

诸如这样的发现，张小露总是会觉得惊恐。惊恐之余，又生出一点儿心软。谁也无法想象，一整个白天对着空空的桌子以及这间空空的屋子，林求安再不像过去那样安详地度过他那些贪吃的时光，而是像一只困兽般拖着肥胖的身躯，在整个屋子里寻找食物的蛛丝马迹，调动了所有的感官，焦灼而艰难地寻找着。

面对林求安的眼神才是更可怕的。林求安的眼神藏在两扇肉帘里边，仅仅是一条狭窄的缝隙，过去那缝隙里的光是温和的，稍嫌迟缓，张小露一直认为林求安的这种眼神是安乐而居家的，但是现在林求安的这种眼神逐渐找不到了，要不是仔细去看那缝隙还在，张小露几乎找不到他那称之为眼睛的部位。

在若干个 5 点 17 分的鸟嘴将林求安啄醒之后，林求安终于开始暴怒了。他让张小露把一个闹钟放到床头，把时间定到了 5 点整，他要看看，究竟是什么样的东西将他吵醒了，他要在 5 点 17 分之前等待那个可恶的怪物。

当闹钟在 5 点准时响起的时候，张小露醒了，她轻轻地走到林求安的床前，坐到床沿上，在房间半明半暗的暧昧中等待一个谜语的揭晓。

在墙上的时针和分针逐渐走成 5 点 17 的枝丫形态的过程中，张小露一直紧张地注意着屋子里的每一种动静。事实证明，整个屋子里一点儿异样都没有，既没有谁向林求安扔去一块石头，也没有谁在窗外大声地呼喊林求安，只有黑夜的尾巴从窗口安然地扫射过的轨迹。

然而，被时间吵醒了的林求安却仿佛接受了某个命令，竟然从床上坐了起来，自觉地下地，迅速地穿越走廊，径直来到厨房里觅食。张小露在昨晚临睡前就将所有能吃的东西统统搬离了厨房，并且各自藏好，冰箱里只孤零零地留着一块生肉，林求安却毫不犹豫地将它拿了出来。

当张小露看着林求安背对着自己，将那块冰冷的生肉放到嘴里连拉带撕地吃着的时候，张小露的脊背上一阵冰冷，她迅速跑上前去，跟林求安抢起了那块生肉。

被张小露抢到手里的那块生肉，布满了林求安的口水和牙齿印。

张小露彻底绝望了。她决定求助医生。

根据医生的建议，治疗林求安这类暴食巨胖者，比较有效的方法就是割掉一部分胃以减少胃纳，强行阻止进食。医生认为张小露过去无节制地让林求安暴食，将林求安的胃给撑大了。换句话说，张小露把林求安的胃给宠大了。张小露一阵懊恼。

“除此之外，没有别的办法了？”

“400 斤是重度肥胖了，绝食对患者已经没意义。”医生用了“患者”这个术语。张小露感到很不舒服。她的丈夫林求安这么能吃，身体一点儿毛病也没有，这个医生连人都没见着，竟然就判断他是个病人。

医生对张小露的感觉一点儿也不关心，很专业地继续说服张小露："这样的患者当然有几种，有内分泌失调型的肥胖症，有先天遗传的肥胖症，还有一种对现代人来说比较普遍的，那就是抑郁症肥胖，这种患者大多意志消沉、兴奋点严重丧失，只有通过不断地吃东西来刺激自己的兴奋点，或者说缓解自己的抑郁。"

医生认为林求安属于后者。

可是，无论哪一种都好，医生给出的结论都是——割胃。

张小露一点儿也不相信医生的判断，他要是看到林求安吃东西的那种愉悦的神态，他一定会认为自己过于武断。相反，张小露认为这个世界上再没有人能比林求安快乐了，就算一小段没多少肉但藏有骨髓的筒骨，都能让她的丈夫兴奋不已。

然而，不相信归不相信，张小露还是带着医生的建议到水果市场搬回了一箱石榴。要知道，她很久没那么大方了。

林求安坐在沙发上，一把一把地将充满水分的石榴子放到嘴里。林求安说，石榴汁液溅到衣裳上，不仅洗不掉，还会留下浅紫色的斑痕，童年时代，在孩子吃石榴之前，大人总是先命令小孩儿把上身的衣裳脱光。所以，张小露在林求安吃石榴之前，将林求安的上衣脱掉了。说林求安的身体是一座山峰，其实还不准确，他是由若干个山峰堆聚而成的，层峦叠嶂，身体的每个应呈现的部位都被遮蔽在皮肉之下，如果张小露不是林求安的妻子，这么近距离地看来，一定百感交集。

张小露对这具肉身没有表现出惊讶，只是裸露着上身吃石榴的林求安重新呈现了过去的纯真无邪，让张小露感到唏嘘。原来林求安吃东西的时候，整个身体都在抖动，随着咀嚼吞咽的开始就一直在抖动，肉体的每一寸皱褶都充满了愉悦，被遮蔽和不被遮蔽的都显得那么坦荡，况且，这种愉悦是以细胞的独立个体为单位的。

张小露从来没有见过这么快乐的人。看着看着，她的脸上悄悄地淌满了泪。

那天晚上，医院开了救护车来，医务人员将林求安一步一步地扶下楼，从二楼下到一楼，林求安已经气喘吁吁，刚坐进车里，一个早已准备好的氧气罩利索地挂到了林求安的脸上，他仿佛被戴上了一副面具。

六

张小露将那台布满灰尘的磅秤重新找了出来。隔几天，她就让林求安踏上去，指针经过一个大幅度的轮转，颤悠悠地停留在某一个刻度时，总会引起张小露的一阵欣慰。林求安一点儿也不关心这个刻度，他多半时间把注意力留在了胃里，他盘算着那被切剩了一半的胃什么时候才能消化掉刚才被他吞下去的一方豆干，或者是它对于刚才自己吃下去的一包怪味蚕豆有没有抱怨。

现在，林求安将食物放到嘴里，很缓慢很缓慢地咀嚼，最后一点儿一点儿地尽量控制住速度将它们送到喉咙里，并且丝毫不放心地感受着它们运行的信息。他像个病人一样小心翼翼。

然而，谁也没想到，手术麻醉过后来自胃部的那次剧烈的疼痛，竟然成了林求安感受疼痛的最后一次机会。

有一天，林求安盯着桌上的一只大苹果看了老半天。他最近对于食物的味道变得有点儿迟钝，他想了很久，似乎遗忘了苹果的味道，他看着苹果的形状，这种熟悉的形状也没有勾起他对味道的回忆。

林求安用水果刀围着苹果转圈，然而不到两圈，他的味觉似乎醒了过来，一种很奇异但是很幸福的味道让他重新看到了那些小精灵，它们似乎从天外飞了回来，重新回到了主人的怀抱。暖暖的，流淌的，像一股蜜流。他的舌尖上重新感觉到那些小精灵踩着轻盈的脚步在滑行。

当张小露尖叫一声并把林求安的手举起来的时候，林求安的大拇指已经被水果刀划出了一个很深的口子，血就从那里顺着苹果的弧度流淌了下来。林求安对于张小露的行为无动于衷，倒是对那只苹果恋恋不舍，他试图将沾着自己的血的苹果塞到嘴里，被张小露及时制止了。

“你不知道疼的吗？”

张小露一边给丈夫林求安包扎，一边担心地观察着他的表情。

的确，自从林求安从医院回家，张小露觉得他就像灵魂被切掉了一半一样，经常会做出一些令她很难以理解的举动来。比如有一天，她走到林求安的身边，在一个空出来的地方一屁股坐了下去，林求安一下子便喊了出来：“你坐着我的手了。”张小露看了看林求安安然地摆在膝盖上的两只手，一阵纳闷，但还是不自觉地往外移了移身体。又比如有一天，林求安竟然会很反常地将他的头埋到床下边找来找去，张小露以为他在找鞋子，走过去将鞋子拎到他的脚边，可是林求安好像没看到似的，问张小露：“你看到我的脚了吗？”

张小露以为动手术将林求安的某根神经给压迫或者影响了，可医生说：“这种情况绝不可能，而且从检查结果来看，一切正常，是不是患者情绪不稳定造成的？据临床试验来看，减肥的人最容易产生情绪波动，因为他得不到满足，更何况林求安还是一个那么顽固的肥胖症患者。”

张小露想不起来林求安除了食物以外，还有什么需要自己满足的了。她唯一能做的，就是用美味使林求安的情绪好起来。

事实证明，美味也无法使林求安的情绪好起来了。他最近总是产生幻觉，他坐在沙发上，无来由的就会发现自己的手臂好像被卸了下来，被放到了沙发的另外一头；他躺在床上，老是觉得他的头跟身体分离了；他站在阳台上，又以为自己的腿已经踩在了一楼花坛的草地上；他喝下一杯凉开水，立刻感觉到他的喉管被牵拉到了饮水机里边，咕嘟咕嘟地冒着泡泡……

一天又一天，林求安的体重真的在下降，虽然降幅不大，但是足以向医学界证明，这种将一个完整的胃切小的治疗方法的确是有效的。而且，还不仅仅是下降，很多时候林求安都觉得自己没有任何体重了，他曾经尝试过走到磅秤上，低头去看，指针无一不停留在0的刻度上。他找不到自己的体重，就像他找不到自己的四肢、五官、皮肤甚至毛发一样。

这些幻觉让他整日萎靡不振，而那些吃东西的行为，仅仅作为他一个习惯并且有能力完成的动作而已。

面对着桌上的食物，林求安经常感到无所适从，他已经全然不记得它们的味道，换句话说，已经不需要它们了，它们或香或甜或辣或酸，都不能使林求安有一丝一毫的兴趣，这些东西就像他在少年时代迷恋过的玩具一样，只是让林求安闻到一股熟悉而深情的味道，但是却挑逗不了林求安去碰它们一下。

丧失了食欲的林求安整天窝在沙发里发呆。只从腮帮里发出一种单调的出气的声音，像搁浅在荒滩上的一条大鲸鱼，沐浴着空气的最后的无用的眷顾，等待着某个时刻的到来。

“求安，我没有照顾好你，我真的，没有照顾好你。”

张小露内心酸楚，但是她已经不知道再说什么好了。她面前坐着的亲人，仿佛一个绝症患者。

林求安缓缓地看了看半蹲在自己身前的老婆张小露，想对她说点儿什么，可是，他那可恶的幻觉又出现了，这次他看到自己的胃瘦瘦小小、孤单单地被吊在逆光的窗沿上，微风吹过，它弱不禁风地摇晃了两下。

张小露靠近林求安的细眼，她看到了一种怜悯的光。

“如果我死了，你还能活吗？”

这是张小露的脑中若干个信号厮杀到最后的结果，弱肉强食，这句话是唯一存留在张小露的头脑里的。

这个世界上有很多难以兼容的事情，就算亲如孪生兄弟，甚至从母胎里连体出生的婴孩，在大多数情况下，都在相互抵触，相互竞争，最终在挣扎中合而为一。

不懂得疼痛的林求安却未必不害怕死亡。跟吃一样，死与生俱来，因此，“死”这个字眼儿刚从张小露嘴巴里伸过来，林求安便像被喂进了一块带毒的巧克力一样，忐忑不安。

在林求安暴饮暴食的岁月中，出现过各种美好的、丑陋的、绚烂的、残酷的幻觉，唯独对死的幻觉，他从来没有遇到过。记得在小的时候，他可以为了跟同桌的一个女同学争吃一颗水果糖最终以死相挟。在那个三楼教室的楼道上，围满了看热闹的小朋友，林求安屁股坐在栏杆上，双脚钩在栏杆内，对远处那个女孩子大声地嚷嚷着，如果不把水果糖掏出来，他就跳下去。他是那么认真和执着，以至于老师和同学们刚开始以为他是淘气，是开玩笑的，直到他将自己的一只脚跨出栏杆外，做出真的要跳下去的姿势，老师才认真了起来。那个女同学被吓坏了，拼命地哭，那颗被她揣在口袋里用手紧紧捂着的水果糖已经潮湿了，流出一些黏糊的糖汁来。等到林求安将那颗半湿了的水果糖塞进嘴巴里，他才安全下地。为此，老师还让他在教室门口罚站了三节课。

林求安开始有意无意地想象死的情景。遗憾的是，他对死的理解绝对比不上他对吃的理解，多少年来，吃这种本能已经被他训练成一种高超的技术，一种超越了本能的高超的技能。

他经常赖在床上，身子躺得不能再平，一动不动，闭着眼睛，很多时候还练习屏息；他还经常在沙发上坐着坐着忽然身体一斜，轰然倒到地上，闭上眼睛；他会忽然让自己感到心脏停止了跳动，慢慢地坐下去，然后顺势倒下，巨大的身体堵住通往厨房的道路。

有一天晚上，林求安难过地拉住张小露的手，无奈地告诉她，他真的不怕死，他已经开始练习死了，他只是害怕死了以后，张小露怎么把他弄到殡仪馆啊。他更害怕送到殡仪馆以后，火化的炉道能不能躺得下自己啊。

张小露沉默地用两只手臂尽量伸得很长，想把林求安抱在自己的怀里，可结果她像一只树袋熊一样，很费劲地攀上了一棵没有温度的大树。

七

为了求证火化的炉道到底是否能装得下自己的身体，林求安打过电话到市殡仪馆。可接电话的人无一不认为他是个疯子。

第一个接电话的是个女人，她开始时很礼貌地询问林求安，他的什么人死了，死亡时间是什么时候。当她弄明白林求安说的是自己的时候，她很生气地对着话筒喊："你神经病啊，有你这么消遣人的吗！你不缺德啊！"第二个接电话的是位老同志，他慢条斯理地告诉林求安："有什么问题请打到青山医院去，这里解决不了。"青山医院是本市唯一一家精神病院。最后一个接电话的是一个男人，他喘着粗气朝林求安咆哮起来："像你这样的社会垃圾，到哪儿死都轮不到上这儿死，干脆叫你老婆买块豆腐让你在家拍死自己得了！"

没有一个办法可以解决林求安这个耿耿于怀的问题。当他想跟张小露商量的时候，突然被张小露忧伤的眼神吓怕了。

林求安开始注意镜子里的自己，他用目光丈量着自己的手臂、肚子、大腿，并且根据前边所看到的形象想象自己的脊背、屁股，他真的觉得自己确实像一个怪物。林求安第一次在镜子面前重视起自己的体积来，就算他从磅秤的踏板上走过，他也不会去看一眼上边的刻度的，然而，当走到浴室的镜子前时，他会长久地注视着自己。

可是，这个问题实在困扰他太久了。

有一天，他竟然在午睡的时间打开了门，扶着楼梯栏杆，一级一喘地往楼下院子里走去。说实在的，就算不存任何歧视心理的人，看到林求安都会惊奇地瞥上好几眼，在他迟缓的步伐中，看遍他一身的赘肉。院子里的人都知道二楼住着个大胖子，有的人还有幸从他家阳台对面守到过他的出现，但是，当林求安走到院子里的时候，所有的人都震惊了，仿佛他们看的是一个奇迹，而不是一个活人。

要是在平时，迎着这些几乎内涵一致的目光，林求安一定会感到特别难受，可是，这些时候的林求安顾不得那么多了，他迫切地想要拉住一个人问问，到底那通往灰飞烟灭的炉道能否装得下他。一个人从身边侧目走过了，又一个人从身边侧目离开了，还有的甚至经过他拐到门口了，又装作落了东西折返回来，但是，这些人都没有停留在林求安身边的打算，尽管林求安对这些目光准备好了友好的表情。

有一只沙皮狗跟在林求安的旁边，张着一双好奇的眼睛瞪着林求安看。过了不久，一个中年妇女朝林求安直直走了过来，一边看着林求安，一边嘴巴发出“露丝，露丝，回来，回来”的唤声。她是沙皮狗的主人。那只叫作露丝的狗狗看到主人过来召唤，乖乖地离开了林求安。可是，过了不多会儿，露丝又来了，接着，妇女又喊着露丝的名字过来了，又过了不多会儿，露丝又不知道从哪个树底下窜到了林求安身边，然后妇女又不知道从哪个地方冒了出来。

如此好几个来回，只听到一个男人的声音从一楼的窗户里传了出来：“别看了，别看了，有什么好看的？把咱家露丝都支使累了，撑的你啊！露丝，回家！”

露丝和女人这才消失在林求安的视线内。

林求安终于还是决定亲自到殡仪馆实地考察。

那天，林求安在院子门外成功地拦截了一辆出租车。他成功地把自己塞进车里，因为空间狭小，他被迫将头朝前，背佝偻着，脑袋顶着前座的靠背。出租车司机以为是某人在搬一个大件物品上车，等他看清楚后，吓了一跳，即便他十七岁开始就干运输，有着走南闯北的经历，但还是使劲地整个身子朝后惊讶地细看，他看到了一大个活人，气喘吁吁地正在将一只腿上的肉从另一只腿下扒拉出来，然后又将腹部因为挤压而凌乱的几层肉重新整理叠顺。如此几分钟，林求安终于整理妥当后，司机心不在焉地发动了引擎，开了一段距离才醒悟过来，自己还没问这个巨人到底要到哪里去。

不知道是林求安体重的缘故，还是司机的驾驶技术的缘故，出租车开得比别的车子都要慢些。林求安的头并不能很自如地转动，只好眼睛向着前方。

“师傅您坐稳了，前边要拐弯了。”

其实不用司机说，林求安也坐得很稳当，他的体重岂是一两个摇晃足以撼动的？不过话说回来，司机也仅仅是想借这句敬业的话跟这个怪人套上话，要知道，在他的运载经验中，这是第一次遇上这么一个重量级的人物。

“师傅您上那儿去干吗啊，还自己一人去啊？”

“就是去看看，没别的。”

司机在镜子里看了看林求安，笃信这种异类人物确实跟正常人不一般。

“您知道，人死了都必须得火化，对吗？”

“那不废话吗，土地现在那么稀缺，房地产那么贵，随便让人土葬不就等于给死人穿上黄金甲吗？咱们老百姓一跟这个世界拜拜，连骨头都捞不着看喽。”

司机是那种爱说话的人，整天在这个城市转悠，在封闭的玻璃门里对着外边发无比多的牢骚。

“那您见过火化的炉道吗？有多宽？”

“嘿，那地方谁能见过啊？用得着多宽啊，难道还给你三室两厅不成？”

司机再次在镜子里看了看这个大胖子，他看上去不像拿自己寻开心，那表情是认真的，他再次确认，这个大胖子脑子确实有点儿问题，报纸上看得多了，那些暴饮暴食的或者厌食的人，全是心理不健康的。他心想：弄不好，这一遭十来公里地会白跑了。

当林求安独自停在一个矮小的门前朝里张望的时候，守门的老头儿带着惊奇的目光从保安亭走了过来。全无例外，他对林求安肥胖的身体感到了一阵兴奋。他今天上班之前，还对自己的生活发出过一些肤浅的感慨，生活平淡，日复一日，越来越多的人来这里报到，死的无知无觉，生的哭哭啼啼，都不知道什么时候会轮到自己。他还跟自己家的那个老太婆吵了一场大架，问题很可笑，大家不知道说什么就说到百年之后回哪里，老太婆是山东人，他是湖南人，老太婆坚持自己的骨灰一定要放回山东老家，他却认为自己是长子，毫无疑问是要放回湖南家族里的。两人各不相让，而且吵得比任何一次都激动，最后老太婆还哭了，说自己几十年为了伺候他，背井离乡跟着他到这里来生活，吃饭、睡觉，哪样不依着他，难道死了以后还要依着他，他就不能依自己一回吗？老头儿最害怕老太婆哭，他脾气一向暴躁，老太婆一哭，他就更暴躁了，当然，通常是暴躁过后就好了。可是，这个没有解决方案的问题，的确让老头儿感到很烦恼。

林求安告诉老头儿，他想来这里参观一下。

老头儿表现出很不高兴的样子："这个地方又不是博物馆，有什么可参观的？你嫌自己活在这个世界上命太好了是不是？"

林求安低声下气地向老头儿解释说自己只是想弄清楚，那个火化的炉道到底有多宽，能不能装下自己。

这个问题刚被老头儿听明白，老头儿就暴怒了起来，那架势，好像林求安是来了解自己家存折密码一般。"这地方也是你看的吗？连死人家属都不能看，你算老几？"

他上下打量着这个奇怪的人，问出这样奇怪的问题，他不是一个神经病就是一个想自杀的人。他遇到过类似的人，有好几次还漏网让这些人进到馆里，害自己被领导批评。一次是一个刚刚失恋的男青年，说是要进去祭奠他死去的女朋友，带着一大捧鲜红色的玫瑰花，谁知道一进去，花一甩，掏出一瓶农药咕嘟咕嘟地喝了下去，最后那个他声称死去的女朋友却出现在抢救的医院里。还有一次，一名中年男子溜进去，不知道怎么就爬上了高高的烟囱顶，上去了却也不着急跳，愣是让围观的人仰着脖子干着急，周旋了两个多小时，最后被警察从上边解救了下来。最滑稽的一次，老头儿将一个穿着一身黑衣的女人放了进去，她说她要最后看一眼自己的老情人，工作人员让她出示家属证件，她掏出了一张照片，那照片上她跟一个男人亲密地搂抱着，她竟然神秘地对他们说，她是FBI（美国联邦调查局）的，不方便透露自己的名字，他们在一起已经几十年了，都没有人知道。最后，她干脆就坐在地上不动了，她边哭边骂，说自己不干了，她要他起来告诉别人，她叫什么，她才是他的老婆什么什么的。工作人员将她抬了出去，并且把这个神经病送到了附近的派出所。

跟他们一样。老头儿断定这个胖子一定有问题。长这么胖，没问题才怪。老头儿铁下心，这回一定不犯错误，一定不把他放进去。

“真的不能看看吗，那个地方？”

“有什么好看的，年轻人？跟农村家里边的炉灶差不离，不过长点儿宽点儿而已。”老头儿为了骗林求安，尽量说得详细一些。

“不看也行，那么您告诉我，那个炉道能装得下我吗？”林求安意识到要进去看看是没机会了。

老头儿装作很认真地丈量起林求安的身体，围着林求安转起了圈，这样，他可以光明磊落地详细看林求安的身体了，他早就想详细地看看这个巨大的胖子了。他不仅看了，还发出了轻微的啧啧声，不仅发出了声音，他还用手去捏了捏林求安肩膀上的肉，马上就被林求安的脂肪镇住了。这个年轻人看上去四十岁左右，自己比他多活了快二十年了，他一个人却能顶自己两个，生活太好啦，他家亲人一定宠他宠得不行，几十年养成这样也不是件容易的事啊。这年头，养尊处优的人越来越多，胖子也越来越多啦。唉！

“年轻人，你到底有多重啊？”

林求安坦然地回答老头：“接近400吧。”

“斤？公斤？”

“斤。”

“呀，怎么养的啊？”

林求安沉默了，他无法回答这个问题，三年了，他就被养成这样了。

“嗬，真不简单，你家爱人很疼你吧？”

林求安的脑子里出现了张小露的身影：拎着一大袋食品，吃力地用屁股将门顶开，随即他的脑中就出现了张小露的脸，这三年来他唯一看到的一张亲爱的脸。

“我看管够，相信我吧，回家吧。”半晌，老头儿终于看够了。

“真的够？要不你提供一个尺寸给我？”林求安不放心。

“年轻人，相信我，你连这里的工作人员都不相信，你还相信谁？”不知道什么原因，习惯了这个肥胖的形象后，老头儿对这个患上了肥胖症的年轻人感到了怜悯。他知道，异常的肥胖是一种病。年轻人是因为肥胖来这里寻死呢。

“再说了，你这400来斤，也不算胖啦，去年9月，我们这里还料理了一个600多斤的人呢，比你还多200斤哪，他都够，你还不够吗？放心吧，回家吧。”话出口，老头儿都不知道自己哪来这种编故事的急才。

一听这话，林求安的小眼睛似乎放出了一种神采，要不是自己的手心因为激动淌满了汗，他都想去跟这个老头儿握手了。

“真的吗？600多斤？”

“当然，300多公斤，顶一头大牛哪。”老头故意夸张地说。

“年轻人，好好活着吧，比你胖比你惨的人能从这儿排到市中心呢。”老头儿不知道怎的想到了老之将至的自己，心里一阵凄凉。

这个时候，我们的林求安反而感到了一种久违的兴奋。他的内心此刻充满了感情，他马上爱上了这个瘦小的老头儿，他相信，无论现在谁出现在他身边，无论他的眼光是如何异样地看着自己，无论他的鄙夷如何伤害了自己，他都会马上爱上他们，甚至他还会爱上一个满脸黑斑的姑娘，爱上一个散发着馊味的男人，爱上一条沙皮狗，爱上一辆豪华的车，爱上一阵喧嚣的吵架声。是的，就像一把白糖撒进林求安的嘴巴里，他的口腔到咽喉到食道到肠胃到灵魂，都被这些甜的刺激所击中，所亢奋。

八

太阳就在林求安的正前方，他第一次感到了太阳对他的善意，他打算走回家。殡仪馆位于家和郊区接壤的地方，人少，道路就显得特别空旷。

他忍不住抬头看太阳。他真的很有本事，也因为太阳的亲善，他竟然能够直视这火辣的太阳。他想起若干年前看过一本杂志里介绍那些印度的苦行者，风餐露宿，一路行走，坚信只有行走才可以抛弃所有的欲望以及所有因为欲望而带来的苦。

尽管林求安走得很辛苦，可他还是希望自己能走回家。

走着走着，他的幻觉又出现了，每当他直视天上的太阳，眼前四周就会出现一连串会游动的小虫，白色、透明，尾巴时隐时现。

他一直辨认、一直追随着这些游走的小虫。

看久了，他发现这些小虫竟然满天空、满宇宙都是。他并不感到害怕，相反，他感到亲切，他认为那是太阳的能量射向这个宇宙的精虫，而这个世界上的每一个人，就是这种能量与宇宙交配后所繁殖的。

一点儿也不夸张，他还在这无数个精虫里认出了自己，那么轻柔，那么身轻如燕，那么神清气爽。

傍晚，张小露用屁股顶开了自己的家门，她发现那幅一贯被她熟悉了的油画少了一个局部——沙发上空无一人。她扔下手里的东西，正要跑到房间里找林求安，可是她却被门口的一样什么东西绊了一下。她低下头去，看到林求安那对巨大的拖鞋整齐地摆在门边，鞋口朝门外，鞋头朝屋里。

林求安不在房间。

张小露盯着那两只巨大的拖鞋，她在琢磨，林求安换了鞋出门之前，到底花了多少工夫和力气将鞋子整齐地摆成一副进门的状态。

图书在版编目（CIP）数据

档案 / 黄咏梅著．-- 石家庄：河北教育出版社，2022.10

（年轮典存丛书 / 邱华栋，杨晓升主编）

ISBN 978-7-5545-7186-6

I. ①档… II. ①黄… III. ①中篇小说－小说集－中国－当代 ②短篇小说－小说集－中国－当代 IV. ① I247.7

中国版本图书馆 CIP 数据核字（2022）第 157401 号

年轮典存丛书

书　　名　档　案

DANG' AN

作　　者　黄咏梅

出 版 人　董素山

总 策 划　金丽红　黎　波

责任编辑　张　畅

特约编辑　张　维　张金红

出　　版　河北出版传媒集团

河北教育出版社　http://www.hbep.com

（石家庄市联盟路 705 号，050061）

印　　制　天津盛辉印刷有限公司

开　　本　787 mm × 1092 mm　1/32

印　　张　7.75

字　　数　148 千字

版　　次　2022 年 10 月第 1 版

印　　次　2022 年 10 月第 1 次印刷

书　　号　ISBN 978-7-5545-7186-6

定　　价　48.00 元
